W0388346

Francesco Micieli

Ich weiss nur, dass mein Vater grosse Hände hat

Das Lachen der Schafe

Meine italienische Reise

Francesco Micieli

Ich weiss nur, dass mein Vater grosse Hände hat

Das Lachen der Schafe

Meine italienische Reise

Trilogie

Zytglogge

Verlag und Autor danken für den Druckkostenbeitrag
Gemeinderat Lützelflüh
Präsidialabteilung der Stadt Burgdorf
Erziehungsdirektion des Kantons Bern

Alle Rechte vorbehalten
Copyright by Zytglogge Verlag Bern, 1998
Umschlagbild: Beat Frank
Satz und Gestaltung: Zytglogge Verlag Bern
Druck: Ebner Ulm
ISBN 3-7296-0572-0

Zytglogge Verlag Bern, Eigerweg 16, CH-3073 Gümligen

Inhalt

Tagebuch eines Kindes

Ich weiss nur, dass mein Vater grosse Hände hat

Nachwort von Walter Vogt

Für Katarina

Wahrscheinlich hatte damals meine Mutter
einen grossen Bauch.
Es war Februar.
Sie mag dagelegen haben, wartend, bis die
Schmerzen stärker wurden. Krämpfe,
die alle Muskeln erfassten. Dann, nur vorne,
zwischen den schmalen Oberschenkeln,
der Schrei.
Es war Regenzeit,
und sie mag sich fest an den Händen
der Grossmutter gehalten haben.
Es ist ein Bub,
sagte die Tante dem Vater, der, eine Nazionali
Esportazioni rauchend, demütig seine Mütze
in der Hand hielt.
Es ist ein Bub,
muss viel später der Arzt gesagt haben.
Gut, sehr gut … ein Bub … nur Buben nützen.
Der Pfarrer mit dem Kreuz und dem Weih-
wasser sei auch gekommen, die Augen
zum Himmel gerichtet.
Gott hat's gegeben,
muss er gesagt haben.
Das Ausland hat's genommen.

Mein Vater ist im Ausland.
Wenn man im Ausland ist, ist man weit weg.
Hinter den Bergen.
Und man kann nur einmal im Jahr kommen.
Weil mein Vater weit weg ist, schickt er Geld.
Damit meine Mutter und ich leben können.

Ich kenne meinen Vater nicht.
Ich weiss nur, dass er grosse Hände hat
und einen Schnauz.
Und wenn er kommt,
bringt er für mich Schokolade
und für meine Mutter ein Kleid.
Dann sage ich,
danke Vater.

Meine Schwester ist krank. Sie weint.
Wir alle sind traurig.
Wir warten auf Don Giovanni, den Doktor.
Er will nicht kommen, weil es Nacht ist
und weil Mädchen nichts nützen.

Bevor ich auf die Welt kam,
hatte ich auch schon eine Schwester,
aber ich hab sie nie gesehen.
Sie war auf Erden,
als ich noch nicht da war.
Und jetzt, wo ich da bin,
ist sie im Himmel.

Die Mutter sitzt neben dem Bett.
Sie weint.
Meine kleine Schwester bewegt sich nicht mehr.
Tot ist sie,
sagt die kranke Tante und streichelt
mein Haar.
Sie ist im Himmel.
Was macht sie dort?
Die Tante schweigt.
Was macht meine Schwester im Himmel?
Die Augen der Mutter sind geschlossen.
Sie schluchzt.
Jetzt muss ich auch weinen.
Die Schwester bewegt sich nicht mehr.
Sie ist bei Gott und den Heiligen,
sagt der Pfarrer vor dem kleinen Erdhaufen,
und die Leute schauen zu Boden.

Die Toten bleiben lange auf Erden,
sagt meine Grossmutter. Sie macht grosse Augen.
Die Toten sind um uns. Sie sprechen mit uns.
Sie kommen in unsere Träume.
Wenn ich im Bett bin, schaue ich,
ob meine tote Schwester da ist.

Mein Vater arbeitet in der Fabrik.
Die Fabrik ist ein grosses Haus,
grösser als unsere Kirche.
Dort hat es Maschinen.
Mein Vater muss mit diesen Maschinen arbeiten.
In der Fabrik hat es keine Sonne,
weil es keine Fenster hat.
Die Fabrik gehört einem reichen Mann,
wie Don Antonio.
Wenn man in der Fabrik arbeitet,
bekommt man Geld.

Mein Vater schreibt,
er wohne an einem Ort,
an dem man nur wenig vom Himmel sieht.
Es ist ein Ort, umgeben von Bergen,
die Angst machen, wenn man allein ist.

Meine Mutter kann nicht lesen.
Sie durfte nicht in die Schule.
Sie musste arbeiten.
Der Priester liest ihr die Briefe meines Vaters vor.
Dafür beten wir ein bisschen mehr.

Jetzt wollen sie die Strassen schwarz machen.
Wenn man die Strassen schwarz mache,
könne man besser gehen.
Auch die Esel können besser gehen.
Aus dem grossen Dorf in der Ebene
sind Maschinen gekommen,
die alles schwarz machen.
Sie sind vom Teufel, sagen die Alten auf
der Piazza und spucken auf den Boden,
der noch nicht schwarz ist.

Gestern ist ein Paket gekommen.
Von meinem Vater,
der hinter den grossen Bergen arbeitet.
Da war für mich Schokolade drin.
Ich esse sie gern, weil sie süss ist.
Hinter den grossen Bergen gibt es viel
Schokolade, sagt meine Tante.
Grosse Häuser voll.
Die Leute haben dort alle braune Zähne …
deshalb lachen sie selten.
Auch mein Vater lacht nicht auf dem Bild,
wo er im Schnee steht.

Ich habe zwei Brüder bekommen.
Sie sind ganz klein – wie ein Brot.
Ein Bruder ist tot.
Er ist so auf die Welt gekommen.
Der andere heisst Angelo – wie mein Grossvater.
Für den toten Bruder haben wir keinen Sarg.
Ein Sarg ist zu teuer.
Die Mutter legt ihn in eine Kartonschachtel.
Jetzt kann auch mein Bruder in den Himmel gehen.

Wenn es Nacht ist,
sieht man am langen Berg viele Lichter.
Sie scheinen uns zu grüssen.
Grossvater sagt, dass am langen Berg
viele Menschen wohnen.
Sie sprechen nicht unsere Sprache.
Sie sind keine Arbresh.
Aber auch von ihnen gehen viele
ins Ausland.

Im Winter kommen die Wölfe.
Sie kommen, weil sie Hunger haben.
Dann fressen sie die Schafe.
In unserem Dorf gibt es einen armen Bauern.
Der hat einen grossen Hunger.
Er frisst alles. Auch die Wölfe.

Ich habe eine Tante.
Sie ist krank.
Sie bewegt sich nicht so wie die andern
Menschen.
Sie hat keine Sprache.
Ich hab sie lieb.

Jeden Mittwoch gehen die Toten durch das Dorf.
Niemand hört sie.
Alle wissen es.
Die Toten verlassen uns nicht,
ohne sie können wir nicht leben,
sagt meine Grossmutter.
Ich habe keine Angst, weil ich auch Tote habe.

Die Toten haben letzte Nacht
mit meiner Grossmutter gesprochen.
Sie haben ihr gesagt, die Welt werde bald
untergehen.
Wenn die Welt untergeht, kommt viel Wasser,
sagt Grossvater, und alles wird ertrinken,
auch die reichen Leute.
Das ist schon einmal geschehen.
Ein ganzes Dorf ist ertrunken,
weil die Menschen dort böse waren.
Da ist ein Heiliger gekommen,
der hat so lange geweint.
Jetzt haben wir das Meer.

Mein Vater hat einen Bruder.
Er hat im Krieg einen Arm verloren.
Man hat ihm dafür einen Orden gegeben.
Mit diesem Orden kann ich dich nicht umarmen,
sagt er.

Ich habe lange Hosen bekommen.
Jetzt bin ich ein Mann.
Jetzt kann ich arbeiten gehen und Angelina heiraten.

Wir haben einen Heiligen. Er ist aus Gold.
Sein Kleid ist blau und hat viele Sterne.
Es ist der Himmel, sagt meine Grossmutter.
Die Leute stecken Geldnoten an dieses Kleid
und küssen es.
Ich verstehe nicht,
warum Heilige so viel Geld brauchen.

Mein Vater schickt kein Geld mehr.
Wir wissen nicht warum.
Meine Mutter muss jetzt arbeiten gehen.
Für ein Brot.
Sie kann bei einem reichen Bauern helfen.
Am Abend, wenn sie nach Hause kommt,
ist sie traurig.
Sie weint.
Ich verstecke mich und weine auch.

Gott ist lieb,
Gott ist allmächtig.
Schaut doch nur, wie er den Vögeln zu essen
gibt, sagt der Priester.
Seine Augen leuchten.
Ich frage mich, warum er meiner Mutter
nichts gibt.

Im Laden wollen sie meiner Mutter nichts mehr geben, weil sie kein Geld mehr hat. Mein Vater schickt uns Geld, sage ich. Aber sie wollen uns nicht glauben.

Gott hat den Armen aus dem Bauch
des Esels geholt, sagt mein Grossvater.
Er arbeitet wie ein Esel und stirbt
wie ein Esel.
Niemand weint um ihn.

Ich habe einen Freund.
Er heisst Angelo.
Er ist traurig, weil er weggehen muss.
Seine Eltern gehen in ein Land,
das Amerika heisst.
Dort wollen sie reich werden.
In Amerika hat es Häuser,
die grösser sind als unsere Kirche.
In diesen Häusern wohnen ganze Dörfer.

Heute wird der heilige Shen Thanasi gefeiert.
Alle Leute sind schön angezogen.
Auch die Tiere sehen anders aus.
Ich habe neue Schuhe bekommen.
Wenn der Shen Thanasi gefeiert wird,
kommen viele Leute aus dem Ausland zurück.
Sie haben schöne Kleider
und zahlen zu trinken.
Wir nennen sie die Amerikaner.
Mein Vater ist auch ein Amerikaner,
aber er ist nicht gekommen.

Es ist Abend.
Wir sitzen draussen. Grossmutter erzählt.
Einmal wollten drei Räuber die Statue
des Shen Thanasi nehmen.
Da wurde sie so schwer, dass die Räuber
sie nicht mehr tragen konnten.
Sie wurden von der Statue zerdrückt und
starben.
Nun müssen sie jede Nacht aus ihrem Grab
gehen und eine schwere Statue tragen.

Wir dürfen mit dem Priester ans Meer gehen.
Das Meer ist gross, es hört nicht auf.
Nach dem Meer kommen wieder Länder,
wie unser Land.
Wir baden.
Der Priester badet nicht,
weil Priester nicht nackt sein dürfen.

Meine Mutter will ein Foto von uns haben.
Ein Foto ist wie ein Spiegel.
Man kann sich darin sehen.
Aber man kann nie davon weggehen.
Grossmutter will kein Foto von sich.
Sie hat sonst keine Ruhe nach dem Tod,
sagt sie.

Meine Mutter will jetzt auch in das Land
hinter den grossen Bergen gehen.
Mein Vater sucht sonst eine andere Frau,
weil die Männer nicht ohne Frau sein
können, wenn es kalt ist.

Der Grossvater hat den schönen Hut
angezogen.
Er bringt nicht Tiere, sondern meine Mutter
zum grossen Dorf in der Ebene.
Sie hat einen Koffer.
Sie ist traurig.
Ich werde dich bald holen,
sagt sie zu mir und küsst mich.
Der Bus fährt weg auf der schwarzen Strasse.
Der Zahn meiner Grossmutter schaut mich
traurig an.

Jetzt bin ich ohne Mutter,
und wenn der Abend kommt
und ich ins Bett muss,
fühle ich mich allein
und weine.

Gebückt geht meine Grossmutter
durch die Gassen.
Sie sieht den Häusern ähnlich.
Alt, steinig und ein wenig traurig.

Ich muss jeden Tag zu den Nonnen
wie die anderen Kinder.
Dort müssen wir beten
und still sein.
Die Nonnen sind mit Christus verheiratet,
sagt Angelina ganz leise,
sie dürfen keine anderen Männer haben.

Mit Milch von den Feigenblättern
kannst du dein Vögelein gross machen,
hat Lino gesagt.
Er ist mein Häuptling.
Jetzt ist es gross von der Milch,
aber ich kann nicht mehr Pipi machen.
Grossmutter ist wütend.

Ich habe von Lino ein schönes Messer bekommen.
Nur weil ich die Hosen heruntergelassen habe
und er mich berührt hat.
Jetzt werde ich Tiere jagen
und das Fleisch verkaufen
und wenn ich reich bin,
können meine Eltern zurückkommen.

Auf einem Bild habe ich Vater und Mutter.
Sie schauen mich immer an.
Ich kann mich bewegen wie ich will.
Sie schauen dorthin, wo ich stehe.
Das Bild ist jetzt meine Eltern.

Mario weint.
Sein Vater ist gestorben.
Er arbeitete auch im Ausland.
In einem Berg.
Für eine Strasse.
Jetzt ist er in einem schwarzen Auto
auf der schwarzen Piazza vor der Kirche,
wo die grosse Glocke spielt.

Ich liege unter dem Bett meiner Grossmutter
und friere.
Der böse Blick, sagt sie,
jemand hat dir den bösen Blick geworfen.
Sie nimmt mich bei der Hand.
Wir gehen zur Strega.
Sie sitzt hinter einem Kreuz
und reisst mir ein Haar aus.
Dann spricht sie unverständliche Worte.
Die Sprache des Auslandes, denke ich
und vergesse zu frieren.

Ich will mit Angela ein Kind machen.
Lino und Ettore haben mir gezeigt, wie das geht.
Ich werde Angela heiraten.
Aber ich gehe nie
ins Ausland
ohne sie und das Kind.

Im Bauch hat Angela ein kleines Loch.
Dort mache ich ihr ein Kind.
Grossmutter sagt, ich könne noch kein Kind
machen, weil ich selber noch ein Kind bin.
Ich finde, es ist besser, wenn ein Kind
ein Kind macht.

Grossvater hat mir gesagt,
er sei auch einmal im Ausland gewesen.
In Abessinien. Als Krieg war.
Dort sind die Menschen schwarz.
Dort, wo meine Eltern arbeiten,
sind die Menschen weiss.
Weiss wie Milch, sagt mein Grossvater,
weil es dort grosse Seen mit Milch gibt.

Arzt musst du werden,
sagt meine Grossmutter.
Sie hat nur noch einen Zahn.
Der Grossvater, der den Afrikakrieg mit-
gemacht hat, sticht mich mit einem spitzen
Holzstück in die Oberschenkel.
Ich weine. Grossvater lacht.
Er hat noch fast alle Zähne.
Gelb von den gesammelten Zigaretten.
Wir sind eine reiche Familie gewesen,
Grossgrundbesitzer.
Der Zahn der Grossmutter lacht.
Ehrliche Leute sind deine Eltern.
Arzt musst du werden.
Auch die Hunde hören zu.
Die haben es gut hier, sagt der Grossvater.
Sie kommen vom Land ins Dorf
und kehren nicht mehr zurück.
Sie haben Amerika entdeckt.

Wenn du nur ein Stück Brot hast,
sagt Ettore, der Hirt von Don Antonio,
musst du es in zwei Teile teilen.
Dann sagst du dir:
Ein Stück ist Fleisch, das andere Brot.
Das Fleisch gibst du dem Hund.

In der Sila gibt es reiche Bauern, sagt Ettore.
Die haben soviel Land wie das ganze Dorf.
Auf diesem Land wachsen grosse Kartoffeln,
so gross wie ein Mensch.
Sein Vater ist unter einer solchen Kartoffel
gestorben.

In der Schule dürfen wir nicht albanesisch
sprechen.
Albanesisch ist keine Sprache,
sagt der Lehrer.
Er spricht nur italienisch.
Niemand verstehe uns.
Jetzt weiss ich, warum meine Eltern
nicht verstanden werden im Ausland.

Der Lehrer erzählt,
dass die ersten Italiener reich waren.
Sie hiessen Römer und beherrschten
die ganze Welt.
Ich möchte kein Römer sein.
Ich möchte nicht ins Ausland gehen müssen.

Wenn ich gross bin,
werde ich für das Kreuz stimmen
und nicht für Hammer und Sichel,
sage ich dem Priester.
Er lächelt und gibt mir hundert Lire.
Diesen Spruch habe ich vom Grossvater gelernt.

Onkel Augusto geht nie in die Kirche.
Er stimmt für Hammer und Sichel.
Das ist das Kreuz der Armen,
sagt er und streicht mir übers Haar.

Meine Eltern haben mir eine Kugel geschickt.
Sie ist voll Wasser.
Wenn man sie schüttelt, fällt der Schnee
auf ein braunes Haus.
Grossvater sagt, er kenne ein Dorf weit unten
im Meer.
Dort sind alle Menschen glücklich.

Wenn ich zu Gott bete,
spreche ich italienisch.
Wir haben es so gelernt.
Ich weiss nicht, ob Gott Albanesisch kann.

Auf der Piazza zeigt der Priester einen Film.
Ein Film ist wie ein Foto, das sich bewegt.
Grossmutter will den Film nicht sehen.
Der Teufel hat ihn gemacht, sagt sie.
Im Film höre ich, wie Gott italienisch spricht.

An Weihnachten spielen wir die Geschichte
von Jesus.
Seine Eltern sind auch ausgewandert.
Aber sie haben ihn mitgenommen.

Es ist Weihnachten.
Jedes Kind schreibt seiner Mutter einen Brief
und legt ihn unter ihren Teller.
Auch ich möchte mir etwas wünschen.
Aber meine Mutter ist nicht da.
Du kannst meine haben, sagt Angela
und lächelt.

An Weihnachten macht der Priester
ein grosses Feuer auf der Piazza.
Jeder darf davon nehmen.
Es ist das Licht Gottes,
sagt meine Grossmutter,
sein Sohn hat uns das Licht gebracht.

Jetzt bringen sie ein Licht nach Santa Sofia.
Ein Licht, das von weither kommt.
Es geht durch dünne Drähte
und leuchtet in den Lampen.
Für dieses Licht zahlt der Sindaco eine Messe.

Früher waren die Menschen in einem Paradies.
Alles war schön. Alles war gut.
Es gab auch kein Ausland.
Dann haben sie einen Apfel gegessen.
Der war von Gott verboten.
Und sie mussten aus dem Paradies.
Warum hat Gott den Apfel verboten,
fragt Ettore den Priester.
Er schweigt.

Ettore erzählt mir von einem Mann,
der mit den Vögeln sprach.
Er hiess so wie ich.
Nun ist er Heiliger geworden.
Ettore und ich haben auch mit den Vögeln
gesprochen.
Doch sie sind weggeflogen.

Sie haben Luigi erschossen.
Er liegt am Boden neben der Kirche.
Luigi hatte die Frau eines Anderen lieb.
Für die Ehre muss man töten können,
sagt ein Alter und bekreuzigt sich.
Ich verstehe nicht und bekreuzige mich auch.

Meine Grossmutter hat viele Röcke.
Ich kann mich darunter gut verstecken.
Nur in der Kirche darf ich das nicht.
In der Kirche stehen die Heiligen.
Sie sind gross.
Grösser als meine Grossmutter.
Sie bewegen sich nicht.
Den ganzen Tag stehen sie da.
Die Heiligen sind gut.
Man kann zu ihnen gehen,
wenn man sich etwas wünscht.
Meine Grossmutter küsst ihnen die Füsse
und spricht mit ihnen.
Ich sage den Heiligen,
dass ich meine Eltern zurück will.
Sie bewegen sich nicht.

Heute muss ich beichten.
Grossmutter sagt, dass man dem Pfarrer alles erzählen soll.
Ich erfinde Sünden, damit ich ganz sicher erlöst werde.

Ich gehe in die Messe.
Der Priester spricht eine Sprache,
die ich nicht verstehe.
Es ist griechisch, die Sprache der Bibel,
sagt meine Grossmutter.
Die Sprache Gottes müssen wir nicht verstehen.
Die Heiligen und der Zoti sagen uns,
was Gott will.
Ich verstehe nicht, warum wir Gott
nicht verstehen dürfen.

Sie nehmen meinem Bruder sein Grab weg,
weil wir es nicht bezahlen können.
Seine Knochen werfen sie in ein grosses Grab.
Dort sind viele andere Knochen.
Er ist nicht mehr allein.

Wenn man Geld hat,
kann man eine Messe zahlen.
Dort betet der Priester für den,
der Geld hat
und für seine Verwandten
und für seine Toten
und manchmal für die ganze Welt.

Ich habe ein Geldstück gefunden.
Glücklich kaufe ich mir ein Brot
mit Mortadella.
Ich esse es hungrig auf der Strasse.
Es ist Freitag, sagt der Priester.
Am Freitag darf man kein Fleisch essen.
Ich gebe das Fleisch den Hunden.
Sie dürfen auch freitags Fleisch essen.

Ich sitze unten am Fluss und schaue
der Grossmutter zu.
Sie wäscht.
Grossmutter, wieso sind meine Eltern
nicht hier?
Weil sie im Ausland arbeiten.
Warum arbeiten sie nicht hier?
Weil es hier keine Arbeit gibt. Sie hört auf
zu waschen und schaut mich an.
Warum gibt es hier keine Arbeit?
Weil wir ein armes Land sind.
Warum sind wir ein armes Land?
Geh jetzt spielen, sagt sie und wäscht weiter.
Ich gehe zum Friedhof
und frage meine tote Schwester.
Sie sagt nichts.

Ich habe mich entschlossen.
Ich gehe weg,
ganz allein
in die Berge.
Später werde ich Angelina stehlen
und mit ihr ein Dorf bauen,
wo alle glücklich sind.

Es ist der Tag der Toten.
Grossmutter und ich gehen auf den Friedhof.
Das Grab meines Bruders
ist nicht mehr da.
Wie legen Blumen auf das grosse Grab.
Da sind die Knochen der Armen,
sagt meine Grossmutter.

Es gibt ein Land, wo alle Menschen genug
zu essen haben, sagt Ettore, der Hirt.
In diesem Land wächst das Essen
auf den Bäumen.
Fleisch, Brot und Früchte.
Es regnet Wein.
Und im Winter, wenn der Schnee kommt,
fallen warme Kleider vom Himmel.
Warum gehen wir nicht dorthin, frage ich.
Weil es so weit weg ist,
dass man in einem Leben nicht ankommt,
sagt Ettore.

Heute spricht ein Mann auf der Piazza.
Er will alles gut machen.
Nachher muss niemand mehr ins Ausland.
Er lügt, sagt Ettore der Hirt.
Er lügt, schreit er.
Die Carabinieri tragen Ettore weg.

Ich gehe Ettore besuchen,
im Haus der Carabinieri.
Er sitzt in einem kleinen Zimmer.
Morgen gehen wir fort,
in ein Land ohne Carabinieri,
sag ich und gebe ihm ein Stück Brot.
Für dich, ich hab es meiner Grossmutter
gestohlen.

Meine Eltern sind gekommen.
Sie haben Ferien.
Sie sind schön angezogen
und haben viele Geschenke mitgebracht.
Mein Bruder und ich dürfen Fleisch
aus Büchsen essen.
Eine Kuh ist darauf gezeichnet.
Im Ausland gibt es viel Fleisch,
sagt meine Mutter.
Wir nehmen euch jetzt mit. Dann könnt ihr
jeden Tag Fleisch essen.
Sie weint.

Ich kenne meine Eltern nicht mehr.
Sie sind wie fremde Leute,
die viele Geschenke bringen.

Auf der Strasse sehe ich die Hexe.
Sie lacht.
Ich habe Angst.
Ich tu dir nichts, sagt sie und streichelt
mein Haar.
Du hast grün-blaue Augen.
Darin kann man die Wahrheit sehen.
Ich sehe, dass du nicht mehr zurückkommst.
Sie lacht.

Ich will nicht mit meinen Eltern
ins Ausland gehen.
Ich will bei Grossmutter
und Grossvater bleiben.
Sie sind jetzt meine Eltern.

Angela ist traurig, weil ich gehen muss.
Ich verspreche ihr, dass ich sie heiraten werde.
Als reicher Mann, wenn ich zurückkomme,
werde ich ihr ein Haus aus Schokolade bauen.
Angela lacht.
Ich bin auch traurig, weil ich gehen muss.

Sie wollen mich ins andere Land mitnehmen.
Die Züge sind immer voll,
sagt meine Mutter.
Wir sind ein Auswandererland.
Wenn man auswandert, muss man
eine andere Sprache sprechen.
Man muss auch seinen Pass zeigen,
damit sie wissen, wer man ist.
Im anderen Land kann man arbeiten.
Und man bekommt Geld dafür.
Geld für Fleisch und Brot.
Das andere Land ist kalt.
Es ist ein Land ohne Grossmutter
und ohne Tante.
Man ist allein.

Ich muss weinen,
wenn ich sehe, wie meine Freunde spielen.
Sie müssen nicht ins Ausland.
Vielleicht werde ich keine Freunde haben
im Ausland, wenn ich allein im Schnee stehe.

Onkel Cosimo war Gefangener in England.
Dort musste er den Soldaten die Schuhe putzen.
Sie sagten immer «gud boi» zu ihm.
Jetzt, da wir uns verabschieden, sagt er
«gud boi» und gibt mir die Hand.

Sie haben mich rausgelassen,
damit ich dich noch sehen kann,
bevor du gehst, sagt Ettore.
Er umarmt mich und verschwindet
in den Gassen.

Mit grossen Koffern gehen wir auf die Piazza.
Ich schaue noch einmal die Häuser an.
Im Ausland gibt es schöne Häuser,
sagt meine Mutter.
Mir gefallen diese Häuser, antworte ich.
Der Zahn meiner Grossmutter lacht.
Die Häuser schauen mich traurig an.

Angelina ist auch auf die Piazza gekommen.
Sie hat mir ein Brot mitgebracht.
Es ist für dich, sagt sie,
dann rennt sie weg.
Ich sehe noch ihre kleinen Hände.

Der Bus steht da, der Motor läuft.
Grossvater weint.
Ich habe ihn noch nie weinen sehen.
Er ist doch ein Held.
Er hat den Krieg mitgemacht, in Abessinien.
Wir kommen bald zurück, sagt mein Vater,
ja, sehr bald,
denn wir werden Geld haben
und jeden Tag Fleisch essen.
Grossvater hört nicht zu. Sein Blick ist finster.
Gott will es so,
sagt der Pfarrer. Wir sind ein armes Land.
Der Bus fährt weg.
Grossvater bewegt sich nicht.

Alles geht schnell vorbei mit dem Zug.
Es ist nicht wie auf dem Esel.
Wir fahren einen Tag und eine Nacht.
Züge müssen nicht schlafen, sagt meine Mutter.
Sie nennt mir die Namen der riesengrossen
Dörfer, man sagt ihnen Städte.

Vor dem Ausland geht der Zug durch
ein langes Loch.
Ein Loch durch einen Berg.
Die Ohren schmerzen mir,
weil der Berg so schwer ist.
Für dieses Loch sind viele Menschen gestorben,
sagt meine Mutter.

An der Grenze muss ich zu einem Doktor.
Ich bin nackt.
Er schaut, ob ich krank bin.
Denn nur gesunde Leute dürfen ins Ausland.

Jetzt bin ich im Ausland.
Es ist Winter.
Alles ist voll Schnee.
Ich kann schon ein Wort in der fremden
Sprache.
Salü.

Nachwort

1.
Eigentlich sollte ich passen.
Nicht unbedingt, weil ich mich dieser Prosa nicht gewachsen fühle. Gewachsen ist man den Texten Anderer, sofern sie einige Qualität aufweisen, nie.
Möglicherweise nicht einmal den eigenen, sofern.
Aber diese Prosastücke brauchen kein Nachwort.
Ein Vorwort, ein Nachwort ist doch unweigerlich eine Empfehlung oder eine Erklärung.
Und beides hat dieses Tagebuch nicht nötig.
Ich setze mich also nach bestem schlechtem Stil hin und schreibe das überflüssige, möglicherweise schädliche Nachwort dennoch.
Was tut ein Nachwort, wenn es weder empfehlen noch erklären darf?
Nacht-Wort wäre schöner, Nachtwort zum Tagebuch.

2.
Tagebuch eines Kindes also.
Gut, aber welches Kindes? Des Kindes, das in dem Tagebuch vorkommt, sich darstellt, angeblich, und das es bestimmt nicht geschrieben hat; oder des Kindes, das einmal dieses

Kind war, angeblich, das diese Prosa runde zwanzig Jahre später geschrieben hat, und das in den Texten bestimmt nicht vorkommt, keinesfalls als Figur, allenfalls als Autor, als Person hinter dem Personnage.
Ich-Geschichten, aber das Ich der Geschichten ist nicht identisch mit dem Ich dessen, der sie aufschreibt, das Erzähler-Ich ist ein früheres, ein erinnertes Ich, ein Vorgänger des Schreiber-Ichs, genau genommen ein imaginiertes Ich.
Die Geschichte mit dem Erzähler-Ich und dem Ich des Erzählers ist allerdings wohl immer etwas komplizierter als sie sich beim elementaren Lesen darstellt. Und für elementare Leser ist dieses Tagebuch allerdings geschrieben. Plain music for plain people, sagt Shaffer-Forman's Amadeus. Kein übles Programm.

3.
Starke Bilder, starke Sätze.
Vom Vater: «Ich weiss nur, dass er grosse Hände hat.»
Der Bruder des Vaters hat im Krieg einen Arm verloren und dafür einen Orden bekommen.
«Mit diesem Orden kann ich dich nicht umarmen, sagt er.» Etc.
Das vielleicht stärkste Bild: «Der Zahn meiner Grossmutter schaut mich traurig an.»

4.
Es heisst nicht albanesisch, ich habe im Duden nachgeschaut, es muss auf deutsch schon albanisch heissen. Aber weshalb eigentlich nicht albanesisch?
Es ist nicht unverständlich, klingt gut, es ist einfach nicht ganz korrekt.
Und selbst wenn der Duden die Bibel ist, brauchen wir noch lange keine Biblizisten zu sein.

5.
Vielleicht sollte man an dieser Stelle dem Leser tatsächlich etwas erklären, lieber F.M. – eigentlich solltest Du es tun, weil Du alles besser, genauer weisst, selbst erfahren hast. Es gibt in Kalabrien, wo du herkommst, Dörfer, wo albanisch gesprochen wird. Italienisch ist in diesen Dörfern die Sprache der Mächtigen, der Regierung, der Kirche, Gottes, der Schule, der Polizei und der Armee.
Du bist in einem solchen albanisch, oder albanesisch sprechenden Dorf zur Welt gekommen, Kind gewesen, mit zehn in die Schweiz gekommen, nach Lützelflüh, sprichst heute noch mit Deinen Eltern albanisch, wohnst noch immer im Emmental, machst in Burgdorf Theater, in Bern Linguistik, sprichst mit den Kumpanen im A.L.P.E. italienisch, mit den

KollegInnen deutsch, französisch, schweizerdeutsch.

6.
Der Vergleich hinkt, das Bild stimmt topographisch nicht so ganz: von Pirandello bis Gotthelf. Sei's drum! Aber weshalb kommen in Deinem Tagebuch keine Ziegen vor? Hast Du die Ziegen vergessen, nach den langen Jahren im Emmental? Zugegeben, die Ägäis, das Meer des Ziegengottes ist weit. Aber ist denn nicht der ganze Mittelmeerraum von Alters her ein von Ziegen kahlgefressener Landstrich?

7.
Du hast auf Deiner Prosa beharrt. Dich standhaft geweigert, einen Roman daraus zu machen. Vorbilder wären zur Hand. Dicht, knapp, kein Wort zu wenig, kein Wort zuviel, wie was man «Gedichte in Prosa» nennt.

8.
Der letzte Text des Tagebuchs, der geneigte Leser wird sich erinnern:
Jetzt bin ich im Ausland.
Es ist Winter.
Alles ist voll Schnee.
Ich kann schon ein Wort in der fremden Sprache.

Salü.
Gut zu hören, für uns, dass unser Land, das Inland par exellence, für einmal auch Ausland sein kann, unser gehätschelter heimatlicher Dialekt eine fremde Sprache genannt wird.
Das erste Wort Salü, sehr hübsch, ein kumpelhaftes Grusswort, und ein Lehnwort aus einer fremden Sprache auch.

Muri, im Januar 1986 Walter Vogt

P.S. Man kann den ganzen Text auch en suite als erknappte, konzentrierte Erzählung lesen.

Das Lachen der Schafe

*Es gibt Tage, an denen ich
in den Spiegel schauen möchte,
um mich nicht mehr zu erkennen.*

C. Maria E.

*Der Schreiber bedankt sich bei:
Caterina, Tonio, Rodolfo E., Paolo C.
und den italoalbanischen Liedern*

Diese Sprache ist nicht meine Sprache.
Es ist des Schreibers Sprache.
Dieses Buch ist nicht mein Buch.
Es ist des Schreibers Buch.
Ich heisse Caterina. Ich habe keine Sprache,
nur Sprachfetzen.
Ich kann nicht lesen. Ich kann nicht schreiben.
Bildung sei nichts für Weiber, schrie mein
Vater, als ich zur Schule gehen wollte.
Sein Stock heulte auf meine Haut.
Ich heisse Caterina.
Ich kam auf die Welt in einem verlorenen
Dorf zwischen den Kriegen am Fusse
der kalabresischen Sila.
Mein Vater machte meiner kleinen Mutter
noch viele Kinder.

Männer muss man früh erziehen.
Mein Mann wollte mich mit einem Pferd entführen.
Er hatte kein Pferd, wie haben uns zu Fuss entführt.
Wir haben unsere Liebe verbraucht, wie man so sagt. Nach einer Flucht ist die Frau nicht mehr Jungfrau, nicht mehr rein, also muss sie heiraten, auch wenn die Eltern nicht wollen.
Keine Kirche, keine Musik, kein Hochzeitsgebäck, nur ein Priester in einer unbekannten Hütte, in einem unbekannten Dorf, in Gottes Namen und auf ewig.
Dann die Rückkehr in der Nacht, in den Fluch meines Vaters, in den Fluch meiner Mutter.
Du wirst in Armut verrecken!
Schlag.
Hure!
Schlag.
Dumme Kuh!
Schlag, Schlag, Schlag.

Heute ist mein Mann erzogen. Er kocht, bügelt und wäscht.

Nie hätte ich gedacht, dass ich ganz alleine
durch das lange Italien fahren könnte.
Ich hatte grosse Angst, verloren zu gehen.
Oh, ich hatte Angst. Die vielen fremden Leute,
die vielen Männer. Ich wurde kleiner, als ich
bin. Ich konnte nicht einmal italienisch.
Caterina die Dumme. Alle würden es mir
ansehen, dass ich diese Caterina war.
Die Verwünschungen meines Vaters füllten
den Zug aus.
Sie waren in jedes Gesicht gezeichnet.
Sie schrien aus jeder Landschaft.
Die Beamten an der Grenze schauten mich
so streng an, dass ich befürchtete, Schläge zu
bekommen.
Damals sah die Schweiz anders aus. Nicht
so viele Strassen, nicht so viele Menschen in
Autos. Die EBT hatte noch Holzbänke, und
es roch gut, wie in einem richtigen Stall.

Der Schreiber arbeitet mit mir in der Fabrik.
Er arbeitet für das Schreiben, ich für meine Kinder.
Er will meine Geschichte. Wenn er sie schreibt, stellt er sich vor, mich zu sein.
Wie das geht, weiss ich nicht.
Ich gebe ihm meine Geschichte in den Pausen.
Er ist ein anständiger Mensch. Er schaut mir nie auf die Beine.
Sie sind auch nicht mehr schön, sehen aus wie wassergefüllte Schläuche.
Der Schreiber hat noch nie ein Buch geschrieben.
Ich bin sein erstes Buch, deshalb hat er mich lieb und kommt zu mir.
In der Fabrik stehen wir schweigend vor den Maschinen, die rattern und sich in den Augen des Chefs hinter dem Glasfenster spiegeln.

Meine Grossmutter kannte viele Geschichten.
Sie ging weg, bevor der Krieg kam.
Der Krieg flog mit Flugzeugen an unserem Dorf vorbei, oder er donnerte in der Ferne wie ein riesiger unbekannter Jäger.
Der Krieg brauchte uns nicht.
Und dann diese Soldaten mit dunkler und heller Haut.
Warum machen sie mir Angst? Sie befreien uns doch mit Büchsenfleisch und Zigaretten.
Weg mit dem Zag-Zag der Nazis und dem Rizinusöl der Faschisten!
Krieg, Befreiung, Frieden.
Und das alles in anderen, unverständlichen Sprachen.
Mein Vater war nicht dabei, bei den Helden.
Er ist zu Hause geblieben und hat Frau und Kinder geschlagen.

Von den vielen Kindern, die meine Mutter hatte, sind nur noch wenige am Leben. Meine Schwester starb kurz nach der Geburt. Mein Bruder Settimo ertrank mit drei Jahren in einem Bach, der sonst nie Wasser hatte. Mein Bruder Marcello starb bei einem Lastwagenunfall in der brennenden Fahrerkabine. Jetzt ist er ein Gedenkstein an einer kalabresischen Strasse.

Wenn unsere Gedanken
zu den Kindern sich wenden,
dann gehen wir und treten
mit den Füssen die Asche.

Tonios Vater ist als Eroberer ins Ausland gegangen. Albanien, Griechenland. Für den Traum eines Irren, der sich Duce nannte.
Aus dem grossen Traum ist nichts geworden.
Kein neues römisches Reich. Nur viele Tote und ein Stiefel – oben reich, unten arm.
Im Dorf war damals Hexenjagd. Auf die Roten und auf die, die rot waren, weil man sie hasste.
Rizinusöl, Prügel, Vergewaltigungen.
Don Peppe musste zusehen, wie sie seine Frau von hinten nahmen, wie eine Kuh.
Sie war eine schöne, edle Frau.
Danach hat sie sich das Leben genommen.

Als Tonio dreizehn war, hat er sich in seine Cousine verliebt. Wenn die Erwachsenen auf dem Feld waren, spielten sie zu Hause. Sie zogen sich aus und berührten sich. Maria Rosa hatte schöne Brüste, wie reife Mandarinen. Sie haben sich ewige Liebe geschworen. Dann floss dieses Blut an ihren schönen, weissen Beinchen herunter. Die Strafe Gottes, dachten sie damals. Sie mussten alles beichten. Tagelang Gebete an die Heilige Maria. Das war die Strafe des Priesters.

Ich grüsse dich, Mutter des Mitleids, süsses Leben, unsere Hoffnung, ich grüsse dich! Dich rufen wir, wir, die verstossenen Kinder der Eva.

Die Amerikaner gingen auf den Mond,
um Sand zu holen.
Ich ging ins Ausland, um zu essen.
Diese Unterschiede habe ich nie begriffen.
Gott hat da eine unverständliche Erfindung
gemacht.
Mein Vater hätte aus der Welt nur Rebberge
gemacht und Meere aus Wein. Alleiniger
Herrscher wäre er gewesen.
Ich wäre gerne in die Schule. Hätte gerne
begriffen, wie das ist mit unserer Welt.
Santa Maria, Madre di Dio, du schweigst,
du leidest, mach doch etwas für mich,
lass mich doch verstehen.

Du wirst in Armut verrecken!
Schlag.
Du wirst zu mir kommen müssen,
um zu betteln!
Schlag.
Drei Tage krank, kaputt, Wunden überall.
Rissig meine Haut.
Rissig wie die rote Erde draussen.
Hier ist alles so grün, zu grün. Die Sonne wird davon verschlungen.
Unser kleines Stück Land sah aus wie getrocknetes Blut.
Das Gemüse verdurstete. Ich hörte es schreien.
Auch nachts.
In den Träumen sah ich, wie mein Vater lachte.
Ich werde ihn nie los. Heute habe ich Angst vor ihm.
Jedes Jahr bringe ich ihm Geschenke – Opfer für einen schrecklich mächtigen Heiligen –, damit er nicht sagt, ich sei dumm und arm.

Danke Mutter, dass du mir die Pflanzen und
Gräser gezeigt hast, die man essen kann.
Hunger.

Ich habe alles gekocht. Alles. Sogar Sträucher.

Schreiende Kinder.
Riesige Mäuler.
Fressende Mäuler.
Und ich habe nichts. Nur meine Ohnmacht
und das Gras.
Gekochtes Gras. Gebratenes Gras.

Hier ist alles so grün. Man könnte aus allem
Salat machen.
Ein gemischter Salat für vegetarische Riesen.
Tannen, Eichen, Apfelbäume.
Ob meine Kinder wirklich genug gegessen
haben?

Nicht verstehen.
Das ist mein Satz.
Wir waren noch Kinder, als wir das erste Kind gemacht haben.
Armut, die sich mit Armut liebt.
Vögeln ist kein schönes Wort. Ich habe einmal einen Spatzen gegessen. Er war fleischloser als ich.
Armut, die mit Armut fliegt.
Mit den Jahren geht viel in den Kopf, auch wenn man nicht in die Schule gegangen ist. Auch die Flugzeuge, die Raketen, die Bomben, die vielen Toten im Fernseher. Mein kleiner Körper hat all diese Bilder gierig aufgesogen.
Am liebsten schaue ich mir die Medizinsendungen an. Ich liebe all diese komplizierten Worte, die den Tod bedeuten.

Mein Sohn allein in der Wohnung.
Wir in der Fabrik.
Er auf dem alten Sofa. Den ganzen Tag.
Weil er vor seinem toten Grossvater Angst hat, der sich darunter versteckt hält.
Traurige Jugend. Keine Spiele. Keine Freunde.
Angst und Einsamkeit.
Und wir arbeiten für unseren Erfolg. Für das Haus und für den Traum, wieder zurückkehren zu können.
Wir ernähren ihn nur. Wie ein Stück Vieh.
Liebe Worte und Berührungen am Abend, vor dem Einschlafen.
Dann wieder unsere Fabrik. Und seine Einsamkeit.

Mein Sohn ist zu seinem toten Zwillingsbruder zurückgekehrt. Er besucht sein Grab jeden Tag.
Mein Sohn ist nicht mehr einsam.
Die Armut in Kalabrien wird er nicht erleben müssen.
Wir schicken ihm Geld.
Sein Bruder wollte nicht auf meine Welt kommen, er wollte nicht auswandern müssen.
Albanische Seelen sind Dickschädel.
Lach nur, Schreiber, lach nur.

Soll ich dir etwas vorsingen, Schreiber?

Als der Vater weinte, fragte ihn seine Tochter:
«Was hast du, lieber Vater, dass du weinst?»
Der Vater sagte ihr:
«Liebe Tochter, ich habe die Töchter meiner
Freunde gegessen, und jetzt ist für mich
die Zeit gekommen, dich zu essen.»

Ich bin nicht gegessen worden:
Besser so!
Jetzt bin ich alt.
Besser so!
Hier ist es kalt.
Besser so.
Hihihihi!

Lach, Schreiber, lach!

Tonio hatte kein Pferd. Er lächelte nur.
Plötzlich tauchte er auf, schaute mich an und lächelte. Über ihm die reifen Oliven, wie der Kot der Ziegen.
Dann der erste Kuss. Lippe an Lippe.
Eigenartiges Gefühl.
Mein Prinz ging zu Fuss, hatte kein Schloss, kein Reich.
Ich hatte keine schönen Schuhe, die ich vor Mitternacht hätte liegen lassen können, damit er mich suchen und finden würde.
Nur Löcher. Und für jedes Loch Schläge, denn Schuhe durften keine Löcher haben.
Oh, mein Papa.

Ich habe Tonio geheiratet, weil er nicht so war wie mein Vater, weil er lachen konnte, weil er Augen hatte wie die Heiligen auf den kleinen Bildern für zwanzig Lire. Er wanderte vor mir aus.

Tonio wusste, dass er Tonio hiess. Er wusste auch, dass er hierher gekommen war, um zu arbeiten. In seinem Heimatdorf hatte man ihm eine Fahrkarte und eine Adresse in die Hand gedrückt. Seine Frau durfte er nicht mitnehmen.

Das Ausland brauchte nur Männer.

Ich habe nicht gewusst, dass Italien so lang ist, dachte Tonio. Er konnte nicht begreifen, dass ein so langes Land arm sein soll. Vielleicht bin ich zu dumm, sagte er sich, während der Zug unsicher durch das Tal schlich.

An der Grenze hatte er viele andere Italiener getroffen.

Sie warteten alle auf die ärztliche Untersuchung.

Wie eine Herde Schafe.

Tonio liebte die Schafe. Er hatte lange Zeit Schafe gehütet, deshalb wusste er, dass Schafe lachen können.

Nur Schafe und Esel können lachen, hatte Tonio einmal auf der Piazza erklärt. Seither lachten die Männer, wenn Tonio auf die Piazza kam.

Der uniformierte Mensch, der ein Loch in Tonios Fahrkarte gemacht hatte, legte die Hand auf seine Schulter.

Arrivato, sagte er, tu sortire e lavorare.

Erschrocken schaute Tonio auf. Der Zug war

leer. Der riesige Mund des Mannes lachte. Tu sortire e lavorare.

Draussen wartete ein Mann in Arbeitskleidung. Hinter ihm stand der Bahnhof und noch weiter hinten waren Hügel. Hügel, nur Hügel. Aufeinander, ineinander, hintereinander.
Der Himmel hing knapp darüber.
Ohne ein Wort zu sagen, mit einem Zeichen nur, lud der Mann Tonio ein mitzukommen. Auf dem Weg betrachtete Tonio die Nase seines Begleiters. Sie sah aus wie die Hügel. Er hätte gern mit ihm gesprochen, aber er kannte seine Sprache nicht. Tonio erinnerte sich an den Turm von Babel. In der Schule hatte er nur die zweite Klasse besucht, aber die Geschichte vom Turm von Babel kannte er. Der Priester hatte sie einmal auf der Piazza erzählt.
Aber was konnte er dafür, dass früher die Menschen bis in den Himmel bauen wollten, dachte Tonio.
Warum sollte er nach seiner langen Reise nicht mit diesem Nasenmann sprechen können.
Tonio hasste die Sprachverwirrung.
Hier wird mich niemand verstehen, dachte Tonio. Er hatte gehört, dass es in diesem Land keine Heiligen gebe, deswegen hoffte er, dass wenigstens Gott hier seine Sprache spreche.
Tonio betete jeden Abend.

Nach einer Weile erblickte er ein Haus mit einem riesigen Dach. Das musste das Bauernhaus sein, denn die Nase schien sich wohler zu fühlen. Eine Frau, gross und stark wie ein Baum, kam aus dem Haus. Sie lächelte Tonio an, aber auch sie sagte kein Wort. Tonio dachte an das Lachen seiner Schafe, und er war froh, dass das Lachen überall gleich war.
Die Nase zeigte ihm sein Zimmer. Es war klein und dunkel, ohne Fenster. Aber er hatte ein Bett für sich. Daheim hatten sie alle in einem Bett geschlafen.
Tonio arbeitete gerne, vor allem im Stall. Der Geruch der Tiere gab ihm ein Gefühl der Geborgenheit.
Mit ihnen konnte er sich auch unterhalten. Sie schienen seine Sprache zu verstehen. Kühe können auch lachen, dachte Tonio.
Die Zeit unter dem schmalen Himmelstreifen wollte ihm nicht vergehen. Die Nase und seine Frau sprachen nie zu ihm. Sie sprachen auch selten miteinander. Die Hügel blieben dunkel und regungslos.
Tonio dachte häufig an die Piazza, an die Gespräche mit den anderen Männern. Es waren immer die gleichen Gespräche. Im Dorf geschah selten etwas Neues.
Die Schafe sagen auch immer dasselbe, dachte Tonio. Er hätte gerne seiner Frau geschrieben,

aber er konnte nicht gut schreiben. Bei jedem Schreibversuch geriet ihm die Zunge zwischen die Zähne. Nach einem Wort schmerzte sie ihm so sehr, dass er aufhören musste.
Er hatte «ciao» geschrieben.
Ein «ciao» für eine lange Reise. Von den Hügeln, vom schmalen Himmelstreifen, vom grossen Dach des Hauses, von der Nase und seiner Frau, von seinen Ängsten schrieb er nichts. Zu sehr schmerzte ihn die Zunge.
Wie Gott sprach, hatte er noch nicht herausgefunden. Tonio betete die Gebete, die ihm seine Mutter beigebracht hatte. Seine Mutter war tot.
Ob hier die Menschen den gleichen Himmel haben, wusste er nicht. Vielleicht gab es im Himmel keine Grenzen, so dass ihn seine Mutter auch hier beschützen konnte.
Ich hätte länger in die Schule gehen sollen, dachte Tonio.

Tonio liebte das Brot.
Brot gehört zum Leben wie die Sonne, der Regen, die Wälder und die Schafe, dachte er.
Er ass zu allem Brot. Sogar Brot zu Brot.
Die Nase und seine Frau assen fast nie Brot.
Das machte Tonio traurig. Ohne Brot wurde er von einem ständigen Hungergefühl geplagt.
Er hatte sogar gelernt, dass in der Sprache

der Nase Brot «Brot» hiess. Ab und zu sagte er «Brot» zur Nase, aber dieser schien ihn nicht zu verstehen. Auch die Frau der Nase verstand sein Wort «Brot» nicht.
Vielleicht spreche ich es falsch aus, dachte Tonio.
Einmal aber, als er von seinem Hungergefühl geplagt in die Küche ging, sah er auf dem Tisch ein Brot liegen. Der frischbackene Geruch zog ihn an. Sachte berührte er mit den Fingerspitzen den Körper des Brotes, der sich wie eine Frau anfühlte. Er setzt sich, schaute das Brot ganz genau an, entdeckte ein einladendes Spitzchen auf der Brothaut, biss das Spitzchen ab und ass das ganze Brot.
Tonio war glücklich. Nun fühlte er sich von Gott verstanden. Gesättigt drehte er sich um und entdeckte das Gesicht der Frau Nase, dann sah er ihre ganze, gewaltige Erscheinung. Er erschrak. Am liebsten wäre er in den Stall gerannt, um mit den Kühen zu reden.
Jetzt wird sie mich wegschicken, dachte Tonio. Doch die Frau sagte nichts. Sie lachte nur, und Tonio verstand, dass es ein gutes Lachen war.
«Brot», sagte Tonio leise, dann stand er auf, verliess die Küche und war froh, dass Lachen überall Lachen bedeutet.

Zwei Alte sind wir geworden. Wir warten nur darauf, noch älter zu werden, damit wir in die Heimat zurückkehren können. Sie hat uns weggespuckt, wie verdorbenes Essen. Die Schritte sind unsicher. Immer diese Angst zu fallen. In einem fremden Bahnhof mit vielen schweren Koffern zu fallen und nie anzukommen im Paradies.

Wenn ich meinen Vater besuche, werde ich zum Kind, das ich war, dumm, unnütz und geschlagen, obschon ich viele Kinder, auch tote, vom Himmel zur Erde geholt habe. Mein Sohn ist zurückgegangen. Er will in dem Land leben, in dem sein toter Zwillingsbruder auf die Welt gekommen ist.

Oh du schöne Morea,
seit ich dich verlassen, hab ich dich nicht mehr gesehen.
Dort hab ich meinen Vater,
dort habe ich meine Mutter,
dort habe ich auch meinen Bruder.
Alle begraben.
Unter deiner Erde.

Trauriges Lied. Wir haben eine Vorliebe für Tragik. Die Tragödie wurde im Süden erfunden. An einem heissen Tag, an dem der Mann die Frau schlug.

«Ich sei Caterina.»
So wollte der Schreiber sein Buch beginnen. Ich habe ihm davon abgeraten, weil ich Caterina bin. Später hat der Schreiber auch erfahren, dass schon ein anderer einen ähnlichen Anfang gebraucht hatte.
Ich bin Caterina.
Sie werden mich nicht sehen können, aber ich bin es wirklich. Schade, dass ich hinter den Wörtern verschwinden muss. Ich möchte Ihnen die Hand geben. Grüss Euch, mir se na erdhit, salve, würde ich sagen. Nicht, dass ich sprachbegabt bin, aber grüssen kann ich.
Morgen Tscheff.
Abend Tscheff.

Schon als kleines Mädchen war ich höflich. Ich habe alle begrüsst. Den Esel, die Kühe, die Schafe, die Ziegen, die Reben, Mutter und Vater, der mich dann schlug, einfach so, um den Tag zu beginnen. Manchmal habe ich ihn bestraft. Nachts, wenn er schlief, habe ich ihm Brot und Speck gestohlen und seinen Wein getrunken. Das war mein Sieg über den Vater.
Jetzt kaufen wir kiloweise Fleisch ein. Jeden Samstag. Nicht mehr hungern. Fleisch essen wie die Reichen. Diese aber essen kein Fleisch mehr. Immer wollen sie anders sein.

Eselsfurz, Ziegenkot, nannte mich mein Vater.
Die Männer, die er mir geben wollte, habe ich nicht genommen.
Ich wäre jetzt die geplagte Gemüseverkäuferin von Acri. Jeden Morgen tüchtig von meinem Mann geschlagen, diesem fettleibigen Schwein Quadararo, der den ganzen Tag auf dem Stuhl sitzt wie die indischen Heiligen auf ihren Teppichen.
Oder ich wäre die Frau des gelblichen Schneiders, der den kleinen Mädchen in die Oberschenkel sticht, wenn sie sich nicht von ihm berühren lassen.
Manchmal wünsche ich mir, das ganze Dorf würde verschwinden wie ein weggewischter Fliegendreck auf der Landkarte.
Dort habe ich meine Mutter.
Dort habe ich meinen Vater.
Trauriges Lied.

Die wollen alle was. Süchtig warten sie auf unsere Ankunft wie Don Peppe auf den Wein, den er von der dicken Maria mit ihren wehenden Brüsten bekommt. Kaum steigen wir auf der Piazza aus, sind sie schon da wie die Fliegen auf den Kuhfladen.
Was habt ihr uns diesmal gebracht, fragen ihre bösen Augen.
Ich komme mir vor wie die Befana. Ein Jahr Arbeit an den Maschinen der Fabrik, um dann auf dem Hexenbesen ganz Italien zu überfliegen und dort für diejenigen, die nicht auswandern mussten, Geschenke zu verteilen. Die Ärmsten!

Die in der Heimat Gebliebenen bauen nun unsere Häuser und werden reich damit. Wir wollen ja alle ein mehrstöckiges Traumgrab im Lande unserer Geburt. Alle zehn Jahre ein Stockwerk, dem Leben abgespart, und jede Nacht die Angst vor einem Erdbeben, das die Stunden, Tage und Jahre der Auswanderung verschlingt. Wie der Punendi aus dem Märchen.
«Ich rieche Menschenblut! Oho! Aha! Sag, Mutter, ist ein Mensch im Haus?» «Nein, mein Sohn, es ist niemand da.»
Kennst du diese Geschichte, Schreiber?
Im Fernseher haben sie gesagt, in Süditalien werde sich die Wüste verbreiten und das Meer werde die Küsten überfluten. Vielleicht werden wir unser Haus auf dem Meeresgrund suchen müssen.
Falls niemand kommt und das Meer teilt.

Ich erzähle dir, Schreiber, eine Geschichte, aber nicht so eine, wie wir sie auf den Langspielplatten haben. In diesen Geschichten ist nur der Mann im Ausland, und die Frau hat zu Hause einen Liebhaber. Der Mann kommt ganz unerwartet zurück und entdeckt den Liebhaber und die Frau und die Kinder und erschiesst alles.
Für die Ehre!
Ascoltate, o gente, la tragica storia!

Mario schaute die grossen, leeren Zimmer an. Sie waren voller Baustaub und rochen noch nach Bauarbeitern. Er war stolz. Sein Haus. Er hatte jetzt ein Haus. Die Leute im Dorf würden ihm nicht mehr sagen können, er habe es zu Nichts gebracht im Ausland.
Er hatte sich das alles vom Munde abgespart. Wie ein armer Hund hatte er in seiner Baracke neben der Fabrik gelebt.
Aber jetzt war er Besitzer!
Er hatte sich schön angezogen, ganz in Weiss, wie die Amerikaner aus den Filmen.
So würde er in sein Dorf gehen, um den Leuten zu zeigen, dass er reich war.
In Beppes Bar würde er für die Leute etwas ausgeben. Auch dafür hatte er gespart. Man würde ihn loben. Man würde über seinen Reichtum sprechen.

Schade, dass seine Eltern das nicht mehr erleben konnten. Damals, es war ein kalter Winter gewesen, hatten sie auf ihrem kleinen Stück Land fast nichts geerntet. Sie hatten nicht gewusst, ob sie den Frühling noch erleben würden. In den Geschäften im Dorf wollte man ihnen nichts mehr geben. Sie hatten schon zu viele Schulden.
Man lachte sie aus, wenn sie durch die Strassen gingen. Die kleinen Almosen des Priesters halfen nichts.
«Es tut mir leid, aber unsere Kirche ist arm. Und gelobt sei Jesus Christus.»
An jenem Tag, als sogar Schnee auf die Olivenbäume fiel, wollte er nach vergeblicher Arbeitssuche den Heiligen Franziskus um Hilfe bitten.
Du weisst ja, bei uns können nur die Heiligen helfen. Als er in die kleine Kapelle eintrat, sah er Feuer in den Augen von Franziskus. Verängstigt schaute er weg, aber das Feuer blieb. Er bekreuzigte sich, wollte zum Gebet hinknien, drehte sich aber um und rannte hinaus.
Er hatte begriffen.
Ausser Atem erreichte er das Haus seiner Eltern. Der Schnee stürzte vom Himmel.
Wie kleine Teufel.
Er wusste nun, dass sie tot waren.

Sie lagen beide vor dem Kamin. Ihr Blut sah aus wie das Feuer in den Augen des Heiligen. Für sie gab es keine Ölung und keine Messe. Die Verzweifelten dürfen nicht in den Himmel. Jetzt war er reich. Er würde dem Priester sagen, dass er für Franziskus eine neue Kapelle bauen wolle.
Man würde ihn bewundern. Vielleicht auch die schöne Giuseppa, die nicht auf ihn gewartet hatte.
Er schloss die leere Wohnung hinter sich ab und ging auf die Strasse, um auf den Autobus zu warten.
Wie die Amerikaner in den Filmen.
Ja, ja … vielleicht haben wir wirklich in der Wüste gebaut.

Ich arme Kirchenmaus packe Käse ein.
Schweizer Käse für die ganze Welt.
Hinter den Maschinen stehen Türken, Spanier, Jugoslawen, Italiener. Eine internationale Versammlung. Vor hunderten von Jahren sind wir vor den Türken geflüchtet.
Oh, du schöne Morea …
Jetzt arbeiten wir zusammen im Ausland.
Skanderbeg, unser albanischer Nationalheld, würde die Welt nicht mehr verstehen.
Sind das die alten Kämpfer, die Helden?
Was soll die Angst in ihren Augen?
Keine Säbel, keine Pferde, nur noch ein wenig Stolz und viel Tschaffe.
Lieber Skanderbeg, so hat sich die Welt verändert!

Es heulen die Wölfe
Ein Schrei zersticht den Himmel
Es regnet Blut über das albanische Volk
Skanderbeg ist tot.

Meinen Tod werden die Wölfe nicht beheulen. Der Himmel auch nicht.
Mein Kopf ist ein Durcheinander. Er ist zu schwer für meinen kleinen Körper. In einer Sendung habe ich gehört, dass wir nur aus Wasser bestehen.
Reiches Wasser.
Armes Wasser.
Glückliches Wasser.
Trauriges Wasser.
Ich habe meinem Tscheff gesagt, er solle sich nicht aufregen, er sei ja auch nur Wasser. Ein Tscheffwasser. Da wurde er wütend wie die Emme, wenn sie braun und reissend fliesst.
Ob es hier in den Flüssen auch ausländische Fische hat?

Tonio hatte das Gefühl, alle schwarzen Katzen des Dorfes hätten sich auf seinem Dach versammelt, als er mit Mühe «Komm. Vater stirbt.» gelesen hatte.
Er schaute mich sprachlos an. Du musst sofort nach Italien fahren, sagte ich mit schwacher Stimme.
Bilder tauchten in ihm auf wie die Fische im Fluss, wenn sie Mücken fangen.
Er sah die Nächte, in denen er seinen Vater auf den Esel geladen hatte, um mit ihm zum Arzt zu gehen. Die Wut des Arztes.
Was, du schon wieder?
Aber, Herr Doktor.
Weg, weg … Ich will schlafen.
Die Gebete der Mutter im Licht der Öllampe.
Sein Vater hätte nicht mehr trinken sollen, aber er war sturer als sein Esel.
Der Alkohol tötet ihn, sagte der Arzt.
Alles hatte an jenem Abend angefangen.
Die Sonne hatte sich hinter die Berge gestürzt.
Die Luft hatte vibriert.
Und dann das Feuer im Stall.
Riesige Flammen in den Himmel, gemischt mit dem Schrei der Kühe.
Sie konnten nichts mehr tun, das Feuer hatte alles umschlungen und ihnen nur die Armut gelassen.

Ich habe ein Feuer im Bauch, ich muss trinken, sagte Tonios Vater, wenn man ihn von der Cantina nach Hause holte.

Die Blasmusik spielt «Fratelli d'Italia».
Die italienische Fahne bedeckt den Sarg.
Tonio trägt mit seinen drei Brüdern den Sarg.
Dahinter versuchen die alten Männer mit
den vielen Medaillen noch einmal den militärischen Schritt.

Sage meiner Mutter nichts von meinem Tod.
Sage meiner Mutter nichts.
Aber meiner Frau sage alles, denn sie soll
vor dem Spiegel stehen und einen Zopf sich
flechten, drei Hände hoch.

Der Schreiber findet, ich hätte einen zu starken Vater und eine schwache, verschwindende Mutter gehabt. Eine Mutter, die mir nie geholfen habe.
Der Schreiber ist ein gebildeter Mensch. Er arbeitet anders als wir. Ihm geht es nicht ums Überleben. Er hat eine höhere Aufgabe. Sagt er.
Ich erinnere mich, wie mir meine Mutter ein Stück Brot gegeben hat. «Für deine Kinder, nimm. Aber schau, dass sie nicht zuviel essen.»
Ihr Lachen. Dieses böse, zahnlose Lachen. Wie Nero auf der Leinwand, als über der Piazza von Acri Rom brannte und wir alle mit offenen Mäulern zuschauten.
Ich bin zu früh in ihren jungen Bauch gekommen.
Sie hatte kaum die ersten Blutungen hinter sich. Ich habe sie zur Heirat gezwungen. Ich habe ihr keine Zeit gelassen, Mädchen zu sein.

Gott, muss sie ausgesehen haben mit mir im
Bauch!
Gebläht wie die afrikanischen Kinder in den
Sendungen über Hunger.
Sie hat sich gerächt. Sie hat mich im Feuer
liegen lassen.
Sie wollte mir meinen Bauch wegnehmen.
Damals war ich fünfjährig.
Ich kann kein Bikini anziehen. Man würde
ständig auf diese rosarote Mondlandschaft
schauen.
Eine Tarantel sitzt auf meinem Bauch.
Meine Kinder waren gefährliche Geburten.
Jetzt bin ich innerlich gesäubert. Die Ärzte
haben mich poliert.
Keine Mutter im Bauch, nur öde Landschaften.
Das Leben, juhu!

La gioventtùùù non torna piùùù, singt mein Vater, wenn er betrunken ist. Er scheint nicht alt zu werden. Er will uns alle überleben. Als letztes Zeichen seiner Macht will er seine ganze Familie zu Grabe tragen.

Mutter, ich rieche Menschenblut...

Er vergleicht sich mit den unsterblichen Helden der Fernsehserien.
La mano del drago, Superman, Rambo.
Ich nehme das alles ernst. Seine Macht über mich ist ungebrochen.
Er wird auch mich überleben. Ich habe seine Frau zur Hure gemacht, ich wurde vor der Heirat gezeugt.
Arme Mutter, die mit sechzehn Jahren nicht nein sagen konnte. Nein.
Meine Mutter ist eine Hure.
Ich bin eine Hure.
Sagt er.
La gioventtùùù non torna piùù.

Vielleicht bin ich damals nicht selber ins
Feuer.
Vielleicht hat sie es mir befohlen. Ich habe
ihr immer gehorcht.
Vielleicht wolltest du mich meinem Vater
zum Frass vorlegen, Mutter.
Eine gebratene Tochter zum Hochzeitstag.

Ein Vogel möchte ich sein
und fliegen auf einen Berg.
Bald wird es kalt,
und du verlässt uns.
Wenn du in all die fremden Länder fliegst,
Schwalbe,
sage mir, wo all die Leute aus Acri sind
und wie es ihnen geht.

Manchmal möchte ich deine Lieder vergessen,
Mutter, und das Feuer wieder spüren. Hättest
du mich nicht herausgezogen, wäre ich jetzt
eine Schwalbe.

Ich war nie etwas besonderes. Mir ist nie eine Maria erschienen.
Drei Kinder sind mir gestorben, ganz jung. Beim dritten, es war ein Mädchen, hat der Himmel gehagelt. Das ganze Land wurde weiss. Weiss wie in einem Hochzeitskleid. Ich habe geschrien, geweint, mir die Haare ausgerissen. Ich habe mich blau geschlagen, mein Gesicht zerkratzt. Blut, überall Blut. Wie eine Hexe muss ich ausgesehen haben. Es geschah aber kein Wunder. Meine kleine Tochter blieb tot. Einsam, bleich in ihrer Wiege.

Auch ich hatte eine Sonne,
sagt mir beim Vorbeifliegen ein Vogel,
doch die Wolken haben sie mir verdeckt,
zehn Tage wie heute.
Nun weine ich,
und jeder, der vorbeikommt,
hört meine Qual.

Trauriges Lied für ein trauriges Land.
Bleiche, tote, kleine Tochter.
Die Nachbarn kamen hereingestürzt und
bekreuzigten sich.
Mein Gesicht voll Blut.
Sie ist ein Hexe, sagten sie. Ich schrie noch
lauter, bis sie hinausgingen. Blutiges Hoch-
zeitskleid.
Die Tragödie wurde im Süden erfunden.
An einem Tag, als der Frau die Tochter starb
und der Mann im Ausland war.

Wir können nicht alle so heldenhaft sterben
wie Skanderbeg.
Bei uns fallen keine Sterne, stöhnen keine
Wälder, schreien keine Berge.
Kein Himmel färbt sich rot.
Der Tod ist ein Nachbar, zwei Bauernhäuser
von uns entfernt.

Hätte ich ihn töten sollen? Den Mann, der mich verlassen hat. Den Emigranten, der mir jeden Monat Geld schickte.
Seine Kinder hat er nur einmal im Jahr gesehen, entweder um ein Jahr älter, oder schon tot. Hätte ich diesen Vater töten sollen?
Ascoltate, o gente, la tragica storia.
Ein Mann kehrt zurück aus der Fremde und findet keinen Liebhaber bei seiner Frau. Er findet auch seine Kinder nicht. Sie sind alle tot.

Nun bin ich in diesem reichen, fremden Land, und die Armen sind im Fernseher in meiner Stube.

Ameisen helfen sich nicht. Ist eine von ihnen verletzt, lassen sie diese liegen in ihrem ewigen Todeskampf.
Kommt eine des Weges, schaut sie die Sterbende nur fragend an. Ameisen können lange sterben. Sie haben keine Ärzte, keine Wörter für die vielen Krankheiten und keine Sendungen darüber.
Wir empfangen jetzt das erste italienische Programm, Rai Uno. Nach dreissig Jahren ein bisschen Heimat in die Stube.
Aber die haben uns vergessen. Die Emigration ist kein Thema. Nur die langen Beine der Ansagerinnen. Pro Zentimeter eine Million Lire. Und die Regierungen, die ständig wechseln und doch immer gleich aussehen.
Wir wechseln auch in der Fabrik, von Maschine zu Maschine.

Das Vaterland ist nicht die Heimat. Das Vaterland sind die Römer, Garibaldi mit seinem schönen Bart, die Könige, die Soldaten, vor allem die gefallenen. Das Vaterland ist mein toter Grossvater.
Es murmelte der Piave und führte blutiges Wasser, sagte meine Mutter, wenn sie mir von ihrem Vater erzählte, den sie nie gesehen hatte. Der Regen fiel den Österreichern ins Gesicht, als aus ihren Reihen eine Kugel … und dann weinte sie. Jedesmal!
Armer Grossvater! Er muss nicht einmal gewusst haben, dass Italien Feinde hat.

Die Geschichte ist immer an uns vorbeigegangen.
Santa Sofia hatte nicht gemerkt, dass Italien vereint worden war.
Die Deutschen haben uns nicht besucht.
Nur einige Amerikaner sind kurz vorbeigekommen.
Ich hätte sie nicht unterscheiden können.
Für mich waren alle Soldaten ohne Nation, ohne König. Jäger von Gespenstern.
Nur die Flugzeuge machten mir Angst. Sie machten auch den Schafen Angst, die ich hütete.
Mein Vater liebte die Amerikaner. Das sind Menschen, das sind Helden, sagte er, nicht Tiere wie wir. Dann schaute er mich an mit seinem bösen Blick und und schrie, geh arbeiten, du Schafsfurz.

Als Albanier sind wir vor den Türken geflohen, als Italiener vor der Armut.
Dragica ist Jugoslawin. Ihr Grossvater ist auch im ersten Weltkrieg gefallen. Nur war er auf der anderen Seite. Und der Piave murmelte …
Mein Leben besteht aus alten Geschichten. Von der Schweiz weiss ich nichts. Ich kenne nur einige Bahnhöfe. Lützelflüh, Hasle-Rüegsau, Oberburg, Kandersteg, Brig, Bern, Interlaken.
In Solothurn wohnt meine Schwester, geschieden, mit zwei Kindern. Ich kenne die Autobahn nach Solothurn.
In ihrer Wohnung erzählen wir uns die Vergangenheit auf noch nicht bezahlten Ledersesseln vor einer riesigen Wohnwand. Ganz mein Geschmack, diese erdrückende Schwere eines nie gehabten Wohlstandes.
Der Schreiber lacht. Was weiss er schon?
Der Schreiber ist ein Geschichtenvoyeur, sagt der Schreiber.

Ich weiss nicht, ob das wirklich meine Wörter sind.
Erkennen Sie mich?
Sind diese Wörter Caterina?
Meine Sprache wird zur Sprache des Schreibers, aber ich bin nicht der Schreiber.
Sieht man, dass ich gutmütig bin, dass ich meine Arbeit mache, dass ich dem Tscheff gehorche?
Sehen Sie mich?
Sehen Sie, wie ich jeden Morgen in die Fabrik gehe mit meinen wassergefüllten Beinen?
Sehen Sie, wie ich hinke?
Ich möchte Sie berühren, lesender Mensch.
Es muss schön sein, lesen zu können.
Am Anfang war das Wort. Für mich gibt es noch immer kein Alphabet.

Ich kenne auch Italien nicht. Italien ist eine lange Reise in die Schweiz und zurück. Italien ist volle Züge; Schweiss; grosse, schwere Koffern; Kaffee aus Thermoskrügen; umsteigen in Milano Centrale und Roma Termini.
Und dann endlich Santa Sofia, das albanische Dorf auf den kalabresischen Hügeln, geschützt vom Heiligen Thanasi. Gut, dass ihr gekommen seid, heisst es an beiden Dorfeingängen; albanisch, italienisch und englisch.
Skanderbeg, deinen Todesschrei hört man bis Mazedonien.

Vielleicht sind wir zu Salzsäulen erstarrt,
weil wir zurückgeschaut haben auf die Heimat,
auf die Vergangenheit.

Weit, weit von diesem Land entfernt
auf dem Kriegsplatz
sah man dunklen Rauch aufsteigen.
Aber es war kein Rauch.
Es war der junge Krieger,
der blutend am Boden lag.
Aus seinem Blut stieg Rauch.

Das waren unsere albanischen Helden, die uns
nach Italien gebracht haben.
Mein Blut, alle Monate, war kein Heldenblut.
Es sei eine Strafe Gottes, sagte meine Mutter.
Diese Strafe ist jetzt auch verbüsst.

Ich habe kein Heldenblut. Über mich gibt es keine Lieder, keine Geschichten, keine Sagen.

Geliebtes Albanien, auf drei Galeeren haben wir dich verlassen, um gegen die fremde, italienische Küste zu ziehen.
Nie werde ich dich wieder sehen.

Das stimmt. Ich war nie in Albanien. Manchmal höre ich Radio Tirana, aber auch das ist keine Heimat.
Wir haben keine Geschichtsbücher. Unsere Sprache können wir weder schreiben noch lesen.
Wir haben unsere Lieder. Lieder der Trauer, des Heimwehs, der Liebe.
Versenke sie im Meer, diese Vergangenheit!
Ich packe jetzt Käse ein. Das gibt Geld. Mit Geld kann man essen, wohnen, schlafen, fernsehen und ein Haus bauen. Ein Haus, das allzeit bereit ist, als würden wir jeden Augenblick hereinkommen, um für immer dort zu bleiben. Ein Haus mit der Minestra auf dem Herd, die seit dreissig Jahren kocht und auf uns wartet.

Die Hoffnung wird besser, wenn sie lange kocht. Jahrelang haben wir auf ein Wunder gewartet. Ein Wunder, das uns die Auswanderung wegnehmen würde.
Nun sind wir Fremde, überall.

Wo ist deine Mutter, mein Sohn?
Sie musste in die Türkei gehen.
Wer wird dir jetzt Milch geben?
Pass auf, mein Sohn, die Ehre
und die Schönheit deiner Mutter
sind in grosser Gefahr.

Vielleicht in deinem Paradies, lieber Herr Jesus, vielleicht bei unserer letzten Wanderung wird alles anders sein. Kein Körper, nur Seele.
Ich werde meine schweren Beine nicht mitnehmen müssen, ich bin nicht mehr Jungfrau.
Die Jungfrauen und die Heiligen dürfen auch ihren Körper in den Himmel nehmen.
Ich überlasse meinen Körper dem Vaterland, damit es von mir etwas hat.

Settimo hatte sich entschlossen.
Er wollte Heiliger werden.
Settimo war das siebte Kind.
Du bist ein Glückskind, hatte ihm seine Mutter gesagt, mit dir hat Gott Grosses im Sinn.
Er war in die Schweiz gekommen.
Hier wurde er von den anderen Männern ausgelacht, weil er kaum sprechen konnte.
Settimo hatte sich in die Serviertochter vom Restaurant zum Bahnhof verliebt. Sie wollte nichts von ihm wissen. Das machte Settimo traurig.
Ich brauche keine Frauen, sagte er zu den andern Italienern, ich bin ein Heiliger.
Man hatte ihn San Settimo getauft.
Settimo, du darfst nicht mehr arbeiten, du bist der Siebte, am siebten sollst du ruhen.
Ja, ihr habt recht, ich darf nicht arbeiten.
Settimo gab alles auf. Die Stelle, die Wohnung, die Serviertochter.
Wir hatten uns alle am Bahnhof versammelt, um auf ihn zu warten. Wir wollten uns von ihm verabschieden. Da tauchte er plötzlich auf, ganz leise, bekleidet nur mit einem Sack, den er aus der Mühle mitgenommen hatte.
Er schaute uns an und lachte selig.
Fratelli, ich gehe und werde Heiliger.
Er stand vor uns mit seinen mageren, haarigen Beinchen.

Wir schwiegen alle: Keiner von uns wagte zu lachen. Er machte das Zeichen des Kreuzes und ging.
Settimo, wo gehst du hin, schrie Tonio, komm zurück, hier ist es viel zu kalt, um Heiliger zu werden.
Settimo schaute nicht zurück.

Einige Tage später fand man ihn halb erfroren am Fluss.
Lasst mich, ich bin Heiliger, soll er gesagt haben.
Er wurde nach Italien zurückgeschickt, zu seiner Mutter.
Hier hat es keinen Platz für Heilige, sagte der Dorfpolizist am Stammtisch.

Schrecklich ist es, wenn ein Mensch nicht sterben will. Tonios Grossmutter war hingefallen. Es war ein sonniger Nachmittag. Sie wollte ins Dorf gehen, um zu hören, was Neues geschehen war.
Das ist nicht schlimm, haben wir gedacht, sie muss sich nur im Bett stillhalten. Aber es war ein böser Sturz gewesen. Das giftige Blut stieg ihr vom Bein ins Herz. Der Tod lag ihr auf der Brust. Ich will ihn nicht, schrie sie, nehmt ihn mir weg. Ich versuchte sie zu trösten.
Ich sagte ihr, sie sei kräftig, sie könne bald wieder ins Dorf gehen. Ich betete für sie. Aber sie hörte nicht auf zu schreien. Sie steckte alle Kraft, die sie noch hatte, in diesen Schrei. Ich will nicht!
Nach vier Tagen starb sie ohne ein Lachen.

Früher, als alle Menschen in einem Land wohnten, hatten die Frauen nicht alle Monate ihr Blut.
Aber mit der Zeit wurden es immer mehr Menschen, und das Land konnte sie nicht alle ernähren.
Ein Teil von ihnen musste auswandern und andere Länder gründen. Da begannen die Männer der verschiedenen Länder gegeneinander zu kriegen.
Niemand weiss heute mehr, wie das angefangen hat.
Die Frauen, die diesen Kriegen zusehen mussten und nur noch ihre Liebsten begraben konnten, wurden immer trauriger.
Weil sie schwächer waren als die Männer, beschlossen sie, jeden Monat zu bluten. Ihr Blut sollte ein Andenken sein an die vielen Gefallenen und eine Warnung vor anderen Kriegen.
Wir bluten noch immer, aber die Kriege sind nicht verschwunden.

Was wollten die Menschen auf dem Mond? Warum haben sie ihn nicht in Ruhe gelassen? Er sieht so traurig aus, wenn er über den Hügeln des Emmentals seine Nacht verbringt. Die Menschen haben dem Mond die Gelbsucht gebracht.
Das Licht der Sterne ist altes Licht, sagt der Wissenschafter im Fernseher. Tausendjähriges Licht.
Es lebt aus Vergangenheit, wie mein Kopf. Am Ende wird nichts mehr da sein. Keine Hügel, keine Flüsse, kein Himmel. Auch die Vögel werden nicht mehr da sein. Viele von ihnen sind schon weg.

Hätte ich Tonio nicht, würde ich den Schreiber heiraten. Nicht, dass er gut aussieht, aber er hat so ängstliche Augen. Ich würde ihn auffressen, wie in den Märchen. Zuerst die Zehen, dann den Rest. Niiaaam!
Er würde mir jeden Tag Blumen schicken.
Er würde mir jeden Tag Gedichte schreiben.
Nun haben sie sogar die Liebe gefährlich gemacht mit dieser Krankheit, die einen Namen hat wie eine Altersversicherung oder wie ein Raumfahrtsprojekt.
Wahrscheinlich werden die Menschen später alle mit dem Körper in den Himmel gehen müssen.
Der Schreiber lacht und gibt mir ein Stück von seiner Schokolade.

Manchmal denke ich, es ist eigenartig, hier zu sein und doch nicht hier zu sein. Wir sind fremde Bäume. Wir stehen da, wir haben keine Wurzeln, wir geben nur Schatten.
Die Schweiz packen wir in unsere Koffer, wenn wir in der Heimat Ferien machen. Käse, Schokolade, Uhren. Für die, die geblieben sind.
Unsere Schweiz sind die Geschenke.
Wenn wir zurückkommen, packen wir unsere Heimat ein. Öl, Wein, Pecorino, Früchte und kalabresische Würste.
Wir fressen unsere Heimat wie die Hexe ihre Kinder.

Toiletten und fliessendes Wasser in der Wohnung.
Das war die grösste Überraschung.
Am Anfang sass ich den ganzen Tag auf der Toilette und spülte. Das Wasser besprenkelte meine junge Haut. Ein Wasserfall in der Wohnung, das nennt man Wohlstand! Nicht mehr einen sicheren Platz auf dem Feld suchen. Nicht mehr stehenbleiben, die Beine auseinanderhalten und dann eine Pfütze hinter sich lassen, wie es die alten Frauen heute noch machen.
Sitzen, spülen, und auf Nimmerwiedersehen. Grossartig!
Nach all diesen Jahren haben die Toiletten auch Kalabrien erobert. Der Fortschritt ist nicht wie Christus in Eboli stehen geblieben.

Meine Welt hat sich verändert. Vorbei die Angst vor dem ersten Auto, das uns der Teufel nach Santa Sofia geschickt hatte. Ich sass damals auf dem Esel und hatte nicht einmal Zeit, mich zu bekreuzigen. Jiiaaah, und weg waren wir im Eselsgalopp.
Ich habe mich verletzt. Meine Knie sahen aus, als hätte man sie an einer Käseraffel gerieben.
Meinem Vater konnte ich nichts erklären.
Es gibt keine Teufel, du Schlampe, schrie er, während sein Gurt Blut aus meinem zarten Fleisch schlug.
Zum Glück muss ich dir nicht noch eine neue Haut kaufen, sagte er und liess mich liegen.

Ich kann nicht mehr staunen. Ich möchte mein Staunen zurückhaben.
Als kleines Mädchen schaute ich zu, wie der Vater die Mutter durch den ganzen Rebberg verfolgte, bis sie bewusstlos am Boden lag.
Ich staunte und weinte.
Er hob ihr den Rock hoch, legte sich auf sie und bewegte sich – auf und ab, auf und ab – wie wild. Sag, dass du mich liebst, schrie er dazu.
Ich staunte und weinte.

Frau Rothenbühler ist eine starke Frau. Sie hebt die riesigen Käselaibe ohne das Gesicht zu verzerren, als wären sie aus Papier.
Sie ist sogar stärker als die Männer. Manchmal kämpft sie mit ihnen im Schnee. Wenn sie auf dem Rücken liegen, hat Frau Rothenbühler gewonnen. Dann freut sie sich mit einem überlauten Jodel.
Ich möchte auch so stark sein und die Männer in den Schnee lupfen, wie sie das nennt.
Komm, wir gehen Männer lupfen, würde ich ihr sagen. Sie würde jodeln.
Komm, wir gehen Väter lupfen.

Schau Schreiber, schau. Da reiten sie wieder. Früher fuhren sie grosse Autos. Heute haben sie schöne Pferde. Sie reiten durch das Dorf, mächtig und selbstbewusst.
Schau, das ist Herr M. mit seinem Sohn. Ihnen gehört fast alles hier.
Siehst du seine schöne Glatze? Auf ihr spiegelt sich alles: die Sonne, die Wolken, die Hügel, ganz Lützelflüh …
Das sind die Jäger des Geldes, Schreiber.
Auf einem starken Pferd werde ich dich entführen, Caterì, sang Tonio, wenn er mit seinen zusammengeflickten Kleidern vorbeikam. Er sah aus wie Arlecchino.

Als man Frau A. wegtrug, sah sie aus wie die leidende Sofia. Ihre Angst vor den Menschen hatte in ihr gewuchert. Ihre Angst war zum Tier im Bauch geworden.
Arme Frau A.
Caterina ist eine gute Frau, sagte sie, wenn ich ihr Käse von der Fabrik brachte. Jetzt ist Frau A. Rauch und Asche. Manchmal spüre ich sie in der Luft. Dann grüsst sie mich zärtlich.

Es waren einmal zwei Königskinder. Die waren ganz arm. Kommt eine alte Frau vorbei und schenkt ihnen eine Gans. Die Gans gräbt ein Loch, und in diesem Loch sind Königskleider. Der Knabe zieht sie an. Sie passen ganz gut. Nur die Krone fehlt. Das Volk ermordet den alten Tyrannen und bringt dem Königskind die Krone. Mit seiner Schwester regiert er nun das Reich und teilt jeden Freitag Almosen aus. An einem solchen Freitag verliebt er sich in ein schönes, armes Mädchen und macht sie zur Königin.
Kaum aber ist sie Königin, wird sie vom Teufel beherrscht. Sie zwingt ihren Mann, seine Schwester ermorden zu lassen. Die abgeschnittenen Hände der Schwester soll man ihr zurückbringen. Der Befehl wird ausgeführt.
Der Heilige Petrus aber rettet die Schwester und gibt ihr neue Hände und einen König als Mann. Dieser König unterwirft das Reich ihres Bruders und tötet seine böse Frau.
Dem Bruder, der weint, wird verziehen. Und am Schluss machen sie zusammen ein Fest und essen viel.

So geht das im Märchen, sagte Zia Carmela, und unser Magen ist leer.
Gott habe sie selig.

Zia Carmela war eine Meisterin im Beschreiben der königlichen Mahlzeiten.
Ich hörte ihr zu, nagte an einem Stück Brot und stellte mir das alles vor.
Fliegende gebratene Hühner, riesige gekochte Eier, Würste, Teigwaren, Schweineohren in Essig, Zuckermandeln, fliessende Schokolade.
Ich liebte ihre Märchen. Zia Carmela war meine Schule.

Es war ein Winter, der nicht einmal den Eseln gefiel. Zia Carmela und ich sassen vor dem Feuer in der Küche. Am Rücken hatte ich Angst und Kälte. Der Platz für die Toten neben dem Kamin war mit einem schönen Tuch bezogen. Sie erzählte mir, weshalb die heutigen Albanier kein Schweinefleisch mehr essen.

Ein König galt als Gott, weil er über das Wasser herrschte. Er hielt in einer Höhle Wasserschläuche versteckt wie die heutigen Könige das Geld. Er machte die Leute glauben, er könne Wasser in den Bach zaubern. Die Leute glaubten ihm und verehrten ihn. Aber eines Tages kam eine Herde Schweine in diese Höhle. Der Zufall hatte sie geschickt. Da sie Hunger hatten und nach Nahrung suchten, zerstörten sie alle Schläuche. Da merkte das Volk, dass alles nur Schwindel gewesen war. Der König wurde weggejagt und die Schweine heilig gesprochen.
Und was heilig ist, wird nicht gegessen, sagte Zia Carmela. Sie schloss die Augen und starb. Der Geist ihres Mannes setzte sich neben sie, lachte ihr zu, und als ich zu weinen begann, flogen sie weg. Der Himmel öffnete sich und nahm sie auf. Nur Zia Carmelas Körper blieb bei mir. Ich schrie, weinte und

biss mir allen Schmerz in die Hand, dann ging ich ins Feuer. Diesmal sollte es endgültig sein. Ich wollte die Welt auch verlassen.

Das Feuer zerstach mir die Füsse. Ich versuchte an die Schläge meines Vaters zu denken, an seinen Stock, an seinen Gurt. Meine Haut roch wie der Spatz, den ich gebraten hatte.
Komm da raus, Caterì!
Zia Carmela sprach zu mir. Sie lebte wieder. Ich sprang aus dem Feuer, umarmte sie, aber sie war schon kalt. Nur ihre Augen hatten sich geöffnet.
Man hat sie später zugenäht, für die Beerdigung.
Die Toten müssen die Augen geschlossen halten.

Das Leben wurde mir nicht mehr schön.
Meine Füsse waren geheilt. Zia Carmela lag schweigend im Grab, neben ihrem Mann.
Ich fühlte mich allein ohne ihre Geschichten.
Keine Liebesaffären, keine albanischen Helden, keine Heiligen, keine grossartigen Mahlzeiten, kein Wasser, kein Blut.
Ihr Haus wurde abgerissen, mein Vater brauchte die Steine für einen Backofen.

Eines Tages, als ich auf ihrer Grabplatte sass, wusste ich plötzlich, wie ich wieder glücklich werden konnte.
Zia Carmela, ich gebe dir deine Geschichten zurück, sagte ich und begann, jeden Tag auf ihrem Grab Geschichten zu erzählen.
Die Leute, die sahen, dass ich bei jedem Wetter auf den Friedhof ging, dachten, ich sei von ihrem Geist besessen.
Darüber lachten Zia Carmela und ich.
Die Leute bekreuzigten sich.

Von meinem Sofa aus mache ich mit Tonio Weltreisen. Die Löwen in Afrika; der Papst in Rom, in Südamerika, auf dem Flughafen, im Papstauto; die Präsidenten aus Amerika und Russland an einem Tisch; Killerbienen, sterbende Bäume, Demonstrationen; Tränengas; eine gute Seife mit Ornella Muti; Hunger in Äthiopien; Fertiggerichte zum Abnehmen; Liebe, Küsse, Eifersucht; auf den Alpen mit James Bond; der zweite Weltkrieg; die Juden; die Befreiung; aussterbende Tierarten; Cleopatra.
Der russische Präsident hat eine Landkarte auf dem Kopf. Der amerikanische Präsident ist ganz mager und versucht immer zu lachen.
Die Welt kommt zu uns. Sie greift uns an.
Sie zersticht unsere Köpfe.
Toni und ich versuchen einzuschlafen, während die Welt unsere Stube beleuchtet.

Sie ging immer gebückt. Seit man sie kannte. Niemand wusste, wie alt sie war. Ihr Mann war mit Fahnen zum Friedhof begleitet worden.
Kriegsopfer. Sie besuchte ihn nie, brachte nie Blumen.
Im Dorf nannte man sie die Hexe. Einige behaupteten, die Blutflecken an der Statue des heiligen Antonius seien von ihr. Ihre schönen weissen Zähne habe sie dem Teufel abgekauft.
Die lange Reise hierher hatte sie auf sich genommen, um nicht alleine zu sein.
Sie sprach mit niemanden. Auch nicht mit ihrem Sohn. Dieser hatte sich daran gewöhnt. Nur ab und zu hätte er ihr gerne etwas gesagt.
Aber sie schwiegen sich an.
Er kaufte ihr einen Fernsehen. Davor sass sie den ganzen Tag. Auch wenn kein Programm gezeigt wurde.
Sie schaute sich das Flimmern an.
Eines Tages begann sie zu sprechen. Sie schaute in den Fernseher und sprach. Ihr Sohn traf sie so an, als er von der Arbeit kam.
Deine Stimme, du sprichst, sagte er.
Sie hatte ihn nicht bemerkt. Sie sprach weiter.
Ich kann dich nicht verstehen. Diese Sprache

kenne ich nicht. Er hielt ihre Hand. Sie schaute ihn nicht an, starrte in den Fernseher und sprach.
Ich werde dir einen Arzt holen. Ja, ein Arzt wird dich heilen.
Er rannte hinaus, schloss die Tür mit dem Schlüssel ab.
Der Arzt wollte nicht kommen. Sprechen ist keine Krankheit und schon gar nicht bei Italienern.
Aber sie ist krank, sie spricht eine fremde Sprache. Sie müssen kommen, Herr Doktor.
Als er mit dem Arzt vor seiner Wohnungstüre stand, bekreuzigte er sich und schloss auf.
Der Fernseher flimmerte, die Mutter sass noch immer davor, sie schaute auf und lächelte.
Sie sprach nicht mehr.

Die Berge verdunkeln sich. Aus ihren Rachen kommen dunkle, schwere Wolken. Blitze.
Esel haben Angst vor Gewitter. Sie schreien in den Donner. Ob sie all die Dämonen sehen, die die Luft zerstechen?
Unser altes Haus im Gewitter. Der Regen tropfte durch die Mauern. Ich hielt meine Kinder fest.
Gott, mach, dass es nicht auseinanderfällt!
Ich rannte hinaus, weinte, schrie. Sie spinnt, sagten die Leute hinter den geschlossenen Fensterläden. Sie spinnt, sie geht mit den Kindern in den Regen.
Das Dach des Hauses brach ein.

Weshalb kommen nicht nur die Menschen
auf die Welt, die genug Geld haben?
Nein, du nicht, du bleibst hier, müsste ein
Engel den arm werdenden Seelen im Himmel
sagen. Die Welt ist nicht für dich gemacht.
Bleib bei uns.
Das wäre schön, ein solcher Engel!
Dann müssten die unglücklichen alten
Frauen von Santa Sofia nicht mehr «Zoti
Krisht, warum hast du mich auf die Welt
gebracht» sagen.

Einen Kuss nur haben wir uns gegeben. Ich werde lange warten müssen. Der Olivenbaum wird nicht mehr da stehen, wir brauchen Holz für den nächsten Winter.
Meine Brüste werden nicht mehr wie zwei Pfirsiche sein. Sagte die Frau zum Mann, als er ging.
Er schreibt nicht. Ich habe gehört, dass er viel trinkt. Dabei wollte er Geld sparen für uns, für unser Haus. Noch wohne ich mit seinen Eltern. In einem Haus, das zusammenzufallen droht. Mäuse überall, Ungeziefer und Dreck. Ich möchte alles verbrennen, in einer Nacht, in einem Hochzeitskleid, und dann tanzen, tagelang tanzen.
Sagte die Frau, als sie alleine war.

Ich wollte Kinderstar werden.
Sängerin, Schauspielerin, Doktorin, um meinem Vater zu zeigen, dass ich nicht Caterina die Dumme war.
Während ich die Schafe hütete, träumte ich davon, berühmt zu werden.
Mich hat niemand entdeckt, und die Schafe haben gelacht, wenn ich ihnen ein Lied vorgesungen habe.
Und am Abend Schläge. Wer singt, arbeitet nicht, sagte mein Vater.

Ich habe meinen Mann verloren, sagte die Frau zum Heiligen Antonio. Seither bin ich allein mit den zwei Buben.
Ich trage schwarz. Seit zehn Jahren trage ich schwarz. Ich lebe von der Unterstützung aus dem Ausland. Sie bezahlen für die Lebenden von Toten.
Sagte die Frau.
Mein Mann hatte ein Stück Land. Es ist gutes Land. Ich habe das schönste Gemüse im Dorf. Sie haben mir Giuseppe mit dem Zug zurückgebracht. Beppe, der Sohn von Alfonso, hat ihn dann mit dem Lastwagen geholt.
Der Strom habe ihn getötet. Ich begreife das nicht. Er wusste doch, dass Strom gefährlich ist.
Wir hatten eine kurze Heirat. Wenn er im Sommer nach Hause kam, wollte er sofort mit mir schlafen. Er war mir fremd, aber ich liebte ihn. Er war mein Mann.
Sagte die Frau.
Zwei hübsche Kinder haben wir. Wenn sie gross sind, werden sie zu mir schauen.
Das ganze Dorf hat am Begräbnis teilgenommen. Sie haben sogar die italienische Fahne mitgetragen. Gut, dass du zu uns zurückgekommen bist, hat der Priester gesagt.

Dieser Morgen war für Giuseppe nicht anders als die andern. Er schlürfte an seinem Espresso. Den Kaffee hatte er aus Italien mitgenommen, kiloweise in seinen grossen Koffern. Draussen zog sich die Sonne aus den Hügeln empor und schaute eher schüchtern in das Tal. Giuseppe empfand in diesem Augenblick ein Gefühl von Heimat. Vielleicht war es die Sonne. Um diese Zeit würde auch seine Frau aufstehen. Als Kind hatte er sich vorgestellt, dass alle Menschen zusammen wohnen, in einem riesigen Haus. Man hätte sich gegenseitig besuchen können.
Aber seine Welt war jetzt anders geworden. Sie hatte Abstände. Der Geruch der Haut seiner Frau am Morgen. Er ging im Zimmer hin und her.
Heute würde er Säcke aufladen müssen.
Bald ist Sommer, und ich gehe zu ihr.
Ich werde ihr viele Geschenke bringen.
Er goss sich noch einen Espresso ein, die Maschine hatte sie ihm gekauft. Viel Zucker, dolce come l'amore.
Er lachte.
Er nahm das Photo von ihr mit den Kindern. Heute sollt ihr mich begleiten. Ihr sollt sehen, wie gut ich arbeiten kann, wie kräftig ich bin. Man konnte stolz sein auf ihn. Er blieb stehen, erschrocken, Bilder irrten in seinem Kopf

herum. Er spürte ein leichtes Frösteln. Es wird wohl nichts sein, dachte er und schaute auf Jesus, der ruhig an der Wand hing.
Für dich, er wird dich beschützen, hatte die Mutter ihm gesagt und ihm dieses riesige Kreuz gegeben. Der Vater hatte gelacht.
Er war Stalinist.
Über ihrem Bett hingen Jesus und Stalin.

Vielleicht hatte er zuwenig geschlafen.
Er fühlte sich schwach.
Bald ist Sommer.
Er nahm sein Pausenbrot und ging hinaus, Frau und Kinder an der Brust.
Giuseppe war unsicher.
Das Licht der Sonne schien ihm heute kalt.
Er blieb stehen, zog das Photo aus seiner Brusttasche und schaute es an.
In der Mitte die Frau mit ihren zu grossen Knien, auf den Seiten die beiden Buben, dahinter ein gemalter Strand.
Der Geruch der Haut seiner Frau am Morgen.
Diesen Sommer gehen wir ans Meer. Wie die Reichen. Das Licht der Sonne war heute anders. Die Blätter der Bäume waren eisig grün. So muss es sein vor dem Ende der Welt, dachte Giuseppe. Er ging zurück, öffnete hastig die Türe, schaute auf die Wand, Jesus hing noch.

Jetzt komme ich zu spät.
Troppo tardi, sagte der Chef, während Giuseppe sich die Arbeitskleider anzog.
Im Güterwagen fing er die schweren Säcke auf.
Er versuchte zu singen. Pause, schrie Tonio.
Giuseppe holte sich sein Brot und seinen Kaffee.
Langsam stieg er die Metalleiter hoch, die zum Dach des Güterwagens führte. Giuseppe spürte, wie ihm irgend jemand eine riesige Ohrfeige gab, die seinen ganzen Körper packte.
So hatte er sich als Kind die Ohrfeige Gottes vorgestellt. Dann durchbohrten tausend Messer sein Herz.
«Oddiomio, l'elettricità, Strom», schrie Tonio.

Wir haben alle die gleiche Geschichte. Ich weiss, du bist nicht einverstanden, Schreiber, aber schau uns doch an. Wir kommen zur Welt, arbeiten und sterben. Dazwischen träumen wir vielleicht den Traum vom vielen Geld. Andere Träume gibt es nicht. Wir machen Kinder, lieben sie, wollen ihnen eine andere Geschichte geben und sind enttäuscht, wenn sie unseren Traum nicht einlösen.
Die Heimat müssen wir uns zurückkaufen.
Wer auswandert, muss erfolgreich sein. Der Erfolg wird an den Stockwerken gemessen.
Goldmedaille für Alfredo: zehn Stockwerke!
Silber für Giovanni: sieben Stockwerke!
Wie bei den Skifahrern im Fernseher.
Unsere Häuser werden vielleicht leer bleiben …
Und wenn die Menschen das Klima verändern, werden die Meere steigen, über unsere Häuser.
Für uns gibt es keine Arche.

Gestern ist Mario der Grosse zu uns gekommen. Mein Mann und er haben viel getrunken. Mario ist der Grosse, weil er der stärkste Italiener von Lützelflüh ist. Jetzt ist er krank. Er hat sich ein Auge verletzt.

Zwei Professoren und fünf Ärzte waren um mich herum. Sie schauten mein Auge an, hielten eine Konferenz und schauten wieder. Zwei Professoren! Ich bin ein wichtiger Mensch geworden.
Operiert hat mich ein Tessiner. Ein guter Arzt. Er sprach sogar italienisch mit mir. Aber das Auge ist nicht mehr gut. Nun muss ich alle zwei Wochen zum Arzt. Es ist etwas mit dem Druck. Das Auge hat einen Druck wie das Blut. Dieser Druck schmerzt mich nach einigen Tagen so sehr, dass ich nicht mehr arbeiten kann.
Alle vierzehn Tage zum Augenarzt, stell dir das vor. Zum Glück habe ich mein Haus mit den drei Stöcken fertig gebaut. Ich habe zwei Töchter. Jede bekommt einen Stock.
Das ganze Dorf lobt sie. Schaut doch wie Marios Töchter gut sind, obwohl ihr Vater immer im Ausland war. Ich habe Glück gehabt.
Schade, dass mir damals dieser dünne Draht ins Auge kam. Den schwarzen Punkt sieht man noch.

Dabei habe ich nie gesündigt. Nur ab und zu habe ich versucht, die Beine der Serviertochter zu berühren, aber das haben alle gemacht. Meine ältere Tochter wird nächsten Monat heiraten.
Den Sohn des Maresciallo. Er hat sie sozusagen aufgezogen. Er war ihr Musiklehrer. Jetzt heiratet er sie. Das Haus ist fertig. Sechzig Millionen Lire. Ich habe ihr Schweizer Möbel gekauft.
Im Leben muss man Opfer bringen. Seit Jahren dieses Hin und Her. Meiner Frau bin ich ein Ferienmann, meinen Töchtern ein Ferienvater.
Ich hoffe, ich bekomme bald eine Rente. Dann gehe ich zurück und geniesse mein Leben in meinem Haus, das ich wie ein Chalet gebaut habe.
Früher war ich ein starker Mann. Ich habe sogar mit den Stieren gekämpft.
Wenn nur dieser Druck nicht wäre.

Die Augen voll und die Hände leer, sagen wir, wenn wir von unserer Armut sprechen. Mit der Hoffnung bin ich aufgewachsen, mit der Hoffnung habe ich gelebt. Der Tod ist sehr früh in mein Leben gekommen. Eines Tages war er da, in meinem Kopf, in meiner Brust. Manchmal liebte ich ihn, manchmal machte er mir Angst. Da liegst du im Bett, und er setzt sich auf dich. Das Atmen wird schwer, die Gedanken auch. Du möchtest dich befreien, aber dein Leben drückt dir den Kopf in das Kissen.
Was für ein Leben, kannst du vielleicht noch denken.

Mein Sohn spricht besser als ich. Mein Sohn weiss mehr als ich. Was für eine Mutter bin ich?
Als er klein war, hatte er Hunger, schrie nach Brot, aber ich hatte kein Brot.
Was für eine Mutter war ich?
Ich kam in die Schweiz und liess ihn im Dorf zurück.
Er sollte dort zur Schule. Er sollte haben, was ich nicht hatte. Aber ich hielt es nicht aus, weinte wie der Himmel beim Tode von Skanderbeg. Ich fürchtete, er könnte mir wie die andern wegsterben.
Jetzt ist er mir weggegangen. Zurück in das Dorf des Hungers, in das Dorf der Schläge.

Du gehst weit weg und verlässt mich.
Geh glücklich und vergiss mich nicht,
denn wer weiss, ob du zurückkommst,
ob wir uns wieder sehen werden.
Seufze, wenn du dich an mich erinnerst.

Mein Sohn hat in der Blasmusik von Lützelflüh Trompete gespielt. Jedesmal, wenn sie auf der Strasse übten, schaute ich stolz zum Fenster hinaus und grüsste Frau Aebi und den Drogisten von gegenüber. Dieser hatte eine Nase wie ein Januarmond.
Frau Aebi ist jetzt im Altersheim. Der Drogist ist nicht mehr da. Mein Sohn hat seine Trompete verkauft, bevor er wegging.
Manchmal schauen Tonio und ich noch heute zum Fenster hinaus, wenn die Blasmusik spielt.
Wir bleiben hier bis zur Pensionierung.
Wir sparen.

Dem Schreiber ist ein Freund gestorben.
Ein anderer Schreiber, der schon viele Bücher geschrieben hat.
Ich möchte ihn trösten. Er ist traurig. Ich umarme ihn wie eine Mutter. Er weint. Ich weine mit.
Im Himmel können alle lesen, im Himmel braucht man viele Bücher, sage ich.
Wir weinen, bis die Pause vorbei ist und wir wieder an die Maschinen gehen müssen.

Vor kurzem habe ich Fotos gemacht im Hochzeitskleid meiner Schwester. Ich hatte nie eine richtige Hochzeit. Kein goldenes, albanisches Trachtenkleid, keinen Blumenkranz auf meinem jungen Haar, keine Ikonen. Nur Eisenringe und einen Priester in einem fremden Hinterzimmer.

Engelchen, was denkst du in deinem Kopf?
Die Zeit ist gekommen, in ein anderes Haus zu gehen, in einem anderen Bett zu schlafen.
Wo bringst du deine Schönheit hin?
Wie heisst der Ort, aus dem du nie mehr zurückkehrst?
Du warst der Honig meines Mundes.

Traurige Hochzeitsreise. Kurze Zeit der gemeinsamen Nächte.
Als Tonio wegfuhr, warf mich die Angst zu Boden. Auf der Piazza, vor allen Leuten.
In meinem Kopf lachte mein Vater. Du hast es so gewollt, Ziegenkot, sagte er.
In meinem Kopf.

Schade, dass ihr nicht sehen könnt. Die Fotos sehen wirklich schön aus.
Mein Mann, ich und die Flaschen mit gefärbtem Wasser auf dem neuen Stubentisch.
Über dem Farbfernseher verbinden sich unsere Hände, sie sind alt und ausgetrocknet.
Tonio lächelt ernst, und ich schaue ihn in meiner weissen Unschuld an.
Der Kuss unter dem riesigen Bild von Jesus mit dem Lamm auf dem Arm und den Schafen im Hintergrund. Frau Rothenbühler hat mir dieses Bild geschenkt, weil ich ihr ein Stück Pizza gegeben habe. Du bist ja katholisch, hat sie gesagt.
Meine Fotos. Meine zweite Hochzeit, wie bei den amerikanischen Stars.

Und es waren alle Männer im Dorf ausgewandert. Nur Frauen, Kinder und alte Leute blieben zurück. Jeden Monat die Geldüberweisungen aus dem Ausland, die man nur mit Geschenken an den Posthalter einlösen konnte.
Schlangenstehende Frauen mit Eiern, Hühnern, Broten, als wäre in der Post von Santa Sofia Jesus auf die Welt gekommen.

Unsere Geschichten werden von keiner Ansagerin mit langen Beinen angekündigt. Unsere Geschichten sind einsam. Der verstorbene Freund des Schreibers hat gesagt, unsere Geschichten seien ein Rosenkranz.

Angelo hatte beschlossen, nicht mehr wegzugehen. Er würde sitzen bleiben – vor ihm der tote Körper seines Vaters. Die schönste Kleidung hatte man ihm angezogen. Es war wichtig, dass er sauber in den Himmel kam. Auf der Brust das einzige Foto seiner Frau. Die Hände liebevoll darüber gefaltet.
Angelo war ganz allein mit ihm.
Wofür habe ich gespart? Jetzt sind wir das letzte Mal zusammen. Du hast mich einfach so verlassen, dachte er betend.
In einer Stunde würden die Leute kommen, der Sarg und der Priester. Sein Vater wäre dann für immer weg. Die Dorfmusik würde draussen diese eigenartig traurigen Märsche spielen – immer leicht falsch.
Die Frauen würden weinen, sich die Haare ausreissen. Man würde mit seinem Vater zum Todesdorf ausserhalb des Dorfes pilgern.
Sie waren oft beim Grab seiner Mutter gewesen, die kurz nach seiner Geburt gestorben war. Ich will neben ihr begraben werden, hatte der Vater gesagt.

Ich muss auch im nächsten Leben jemanden haben, der zu mir schaut.
Wir wollten doch da ein neues Leben beginnen, sagte er und berührte die kalten Hände auf dem Foto der Mutter.
Damals warst du stolz gewesen. Angelo, wir haben wieder Land. Wir sind wieder Bauern, hast du gesagt.
Er zog seinen Vater hoch. Schwer bist du geworden. Komm, ich zeig dir unser Land!

Die Leute, die draussen standen, bekreuzigten sich. Was machst du mein Sohn, schrie eine Frau.
Angelo hörte nicht hin. Mühsam schleppte er seinen Vater mit. Das Foto der Mutter fiel auf den Boden. Da begannen die Frauen zu singen.
Wir haben Kuchen gebracht, aber die Braut sehen wir nicht.
Bruder, wir brechen den Kuchen.
Wir brechen ihn so, wie sich deine Arme brechen.
Bruder, wir brechen den Kuchen.
Wir brechen ihn so, wie sich deine Knie brechen.

Unbeirrt versuchte Angelo weiterzukommen. Es wurde ihm schwach. Er konnte seinen Vater nicht mehr tragen. Er versuchte zu

verstehen. Einige Augenblicke lang stand er da, schaute auf all die Leute, sah keine Gesichter. Er spürte, wie die Sonne ihn mit ihren Strahlen durchbohrte. Der Schmerz liess ihn aufschreien.
Mörder, flüsterte er und fiel.
Das Kirchentor öffnete sich. Der Priester kam heraus. Die Dorfmusik begann zu spielen. Leicht falsch.

Eines Tages wird es keine Frauen und keine Männer mehr geben.
Die Kinder werden in Fabriken gemacht.
Eine andere Caterina wird Kinder statt Käse einpacken.
Unser Unterleib wird keine wärmende Höhle mehr haben, keine Höhle, aus der die neuen Menschen herauswachsen.
Keine Mütter und keine Väter mehr.
Eine andere Caterina wird dann Kinder aus der Fabrik verschenken.

Ich bin nicht so traurig wie meine Geschichten. Als ich jung war, habe ich sogar Twist getanzt. Kennst du diesen Tanz? Wichtig ist dabei das Hinterteil, es muss sich bewegen, es muss herausragen. Ich tanzte so gut, dass Tonio eifersüchtig wurde.

Ich bin wirklich nicht so traurig. Ich habe viel gelacht, sogar laut. Ich habe mehr gelacht als Tonios Schafe.

Aber wenn ich erzähle, wird es mir traurig. Vielleicht, weil ich schon alt bin.

Die Vergangenheit ist endgültig, und die Zukunft ist kurz.

Aber ich lache, ich lache auf all den Fotos, die ich habe. Ein schönes Lachen.

Vor meiner Wohnung war ein Apfelbaum.
Ein alter Apfelbaum in einem kleinen Garten.
Blätter trug er nur noch auf einer Seite und manchmal trug er auch Äpfel. Für mich war er der Bruder des Olivenbaumes vor unserem Haus in Italien.
Wenn ich ihn anschaute, erinnerte ich mich an die warmen Nächte, an das Spielen der Kinder, an die Küsse von Tonio.
Der Apfelbaum ist nicht mehr da. Seine Vögel sind weggeflogen, sein Holz ist verbrannt. Der Garten ist eine Garage.

Der Schreiber schaut mich erstaunt an.
Was er wohl denken mag.
Ich werde das alles nie lesen können.
Es muss schön sein, mit dem eigenen Buch im Bett zu liegen, es von oben bis unten anzuschauen, es sachte zu öffnen wie einen Liebhaber, und es dann in einem Zug durchzulesen.
Einschlafen.
Neben dem Buch einschlafen.
Wenn sich nur mein Kopf entleeren würde.
Kein Durcheinander mehr. Keine Erinnerungen. Keine Bilder, die wie vergilbte Fotografien aussehen.
Mein Kopf ist ein Album, in dem sich die Fotos gelöst haben und in Unordnung geraten sind.
Einschlafen.
Neben mir als Buch einschlafen.

Der Schreiber kommt nicht mehr in die Fabrik. Er sei schon zu alt, sagt der Tscheff. Diese Blätter seien für mich, der Schreiber schenke sie mir. Ich sollte sie mitnehmen in mein Haus am Meeresgrund.

Nun bin ich zu Wort geworden.
Mein Kopf ist leer. Mein Kopf ist schwer.
Vaft te deiti, es möge ins Meer gehen,
sagen wir, wenn etwas uns Angst macht.
Ich möchte im Meer einschlafen.
Neben meinem Leben.

Meine italienische Reise

«Längst ist die ewige Wiederkehr aller Dinge Kinderweisheit geworden, und das Leben ein uralter Rausch.»

Walter Benjamin

Der Anfang

«Io ero, quell'inverno, in preda ad astratti furori.»
(für) Elio Vittorini

In dieser Zeit wollte sich mein Kopf nicht mehr wohl fühlen. Er richtete seine Augen auf den Boden, wollte geknickt sein, krümmte meinen Körper, ich musste gebückt gehen.
Es regnete, und die Tage, die Monate vergingen. Mein Kopf verfiel in eine Schwere, erdrückte in mir jedes Feuer.
Ich hatte keine Lust mehr, das war alles. Ich hatte die Menschen und mich aufgegeben.
Die Zeitungen schlugen Namen an. Mein Kopf wollte sie nicht aufnehmen. Es regnete. Wasser drang in meine Schuhe.
Ich lebte so, als hätte ich nie gelebt. Ich sprach kein Wort zu meinen Freunden, als hätte ich nichts zu sagen, nichts zu verneinen, nichts zu bejahen, nichts zu geben. Eines Tages klingelte das Telefon, und mein Kopf wusste, was geschehen war. Er legte die Hände still, schaute zu Boden, während das Klingeln nicht aufhören wollte.

Vorwärts

Wir stehen am Bahnhof.
Vater ist kleiner geworden in den vielen Jahren. Die Stadt im Hintergrund. Die Stadt ist eine Hauptstadt und dahinter sind Alpen.
Zwischen den Schienen wächst kein Gras, nur Unrat, über welchen sich die Stimme der Ansagerin bewegt. Ankünfte, Verspätungen, Ortschaften, Städte.
Die Schuhe des Vaters sind schwarz. Die Schuhe sind seine Trauer.
Wir haben uns für nur einen Koffer entschieden.
Die Hautfarbe eines vorbeigehenden Tamilen fliesst aus dem Bahnsteigasphalt heraus. Sprachlich schnelle Rhythmen streifen das alte Leder mit der Adresse Baffa Scirocco Caterina Lützelflüh.
Vater lässt die Hand fallen. Er sucht den Himmel ausserhalb der Bahnhofüberdachung. Ab und zu eine Taube. Zwischen uns ist wenig Sprache. Wörter. Einige Hauptsätze, keine Nebensätze.
Die Zeit seiner Befehlssätze ist vorbei, lange schon. Die Schläge seines Gurtes auf meiner Haut, lange her. Zwölf, dreizehn, vierzehn Jahre alt. Damals als er mich mit fester Hand

um eine Häuserecke zog und sagte, das ist die neue Heimat, während ich zurückschaute und sah, wie meine Kindheit verschwand.
Jetzt ist er aus dem Text gefallen. Er funktioniert nur noch.
Die Schienen pressen sich unter einen langen Zug. Nicht unser Zug, sagt die Stimme. Vater tastet sich ab. Wahrscheinlich will er Pass und Fahrkarte fühlen. Die Angst vor Grenzen.
Früher waren die Koffer viele. Mit Schnur gebunden und auf den Achseln getragen. Platzkämpfe in überfüllten Zügen. Das ganze Land schien auszuwandern. Ich war klein und schämte mich. Ich schämte mich für das Auswandern, die vielen Koffer, die Platzkämpfe. Ich wollte nicht zu ihnen gehören. Seither sind viele Jahre durch die Bahnhöfe. Die Lippen meines Vaters sind schmal geworden.
Der Himmel draussen verdunkelt sich. Vater ist unruhig. Ich ahne ein leichtes Zittern seiner Oberlippe, darüber Perlen. Er weiss, dass SIE nicht mehr kommt.
Stimmen steigen die Treppen hoch. Danach Köpfe, Oberkörper, Beine und Hände an Koffer und Taschen sich klammernd.
Wir sind viel zu früh da. Angst, die Züge zu verpassen. Diese Angst gehört dem Vater.
Ich gehe einige Schritte die Treppe hinunter, mische meine Stimme mit anderen Stimmen,

erschreie mir eine Zeitung, eine italienische Zeitung. Das Geld verbindet die Kioskverkäuferin und mich, unsere Hände.
Ich versuche mir vorzustellen, wie Vater allein auf dem Bahnsteig steht, hin- und herwiegend im Wind.
Ich schaue in die italienischen Worte – in meine Stiefmuttersprache. Ich bin nicht der, der ich bin. Die Texte, die ich schreibe, sind schon lange da. Ich überschreibe Teile aus einem ewigen Text so gut ich kann, so gut ich höre.
Die Ansagerin meldet die Ankunft des Zuges mit Wagen nach Milano Centrale. Die Wagen stehen im Teil A des Bahnsteiges. Das wissen wir nach all den Jahren. Keine Hysterie, kein Rennen von C nach A mit vollen Koffern.
Meine Füsse bleiben auf dem letzten Treppenabsatz. Ein graugekleideter Mann geht vorsichtig an mir vorbei. Seine Aktenmappe will mich mitziehen. Nicht stehenbleiben.
Der Zug dröhnt herein. Metallisches Bremsen. Druckablassen. Ein alter russischer Film.
Meine Augen erblicken den Vater. Er hält den Koffer in der Hand, sein Körper ist angespannt, bewegt sich auf und ab, wie auf einem Schiff, dann geht er auf den noch fahrenden Zug los, klammert sich an die Tür, die von innen geöffnet wird und ihn dadurch zu Fall bringt, zurück auf den Bahnsteig. Da liegt der

Vater, neben ihm der Koffer. Die Aussteigenden weichen ihm aus.
Ich kann nicht helfen, bleibe stehen, lasse ihn liegen. Wäre SIE da, wäre ihm das nicht geschehen. Ich fühle, wie sich meine Hände in seine Achselhöhlen bohren und ihn hochziehen, während ich noch auf der Treppe stehe, mich nicht bewegen kann. Komm jetzt, schreit er sich aufrichtend in unserer Muttersprache.
Mein alltäglicher Gang zur Schule war eine Auswanderung. Von der Muttersprache in die Staatssprache, «Scuola elementare», hinter grossen Mauern. Die Gassen, die Plätze, die Bäume, die Häuser, die Olivenhaine, die Kastanienwälder waren Muttersprache. Altes Albanisch, fünfhundertjährig und mehr, den Türken entzogen. Im Laufe der Zeit ist es Italo-Albanisch geworden und stirbt in diesem Jahrhundert.
Schreibe also nicht Muttersprache, nicht Staatssprache, sondern Fremdsprache, ich schreibe Deutsch.

Der Zug ist fast leer. Vater sitzt schon, schaut mich fragend an. Ich kenne die Fragen. Er spricht sie nicht aus. Ich sage nichts und setze mich, in Fahrtrichtung. Ich sehe das Kommende und er das Gehende. So will es mein Vater. Wäre SIE da, hätte SIE das Kommende.

Wo SIE sein mag, möchte er wissen. Ich denke an das Holz, das ich für SIE ausgesucht habe, und sage, irgendwo in einem Zollbüro. Für die Siegel, weisst du.
Schweigen. Er schaut hinaus. Sein Kopf bewegt sich hin und her, wie um alles zu verneinen. Seine Augen reagieren auf die Fensterbilder des fahrenden Zuges nicht.
Eine Frau bleibt neben uns stehen. Ob wir ihr helfen würden. Der Koffer. Zu schwer, wissen Sie. Ich stehe auf.
Er hat nichts gehört, oder nicht hören wollen. Wahrscheinlich versucht er möglichst viele Bilder von IHR festzuhalten. Das Leben in Standbildern.
Ich sei nicht kräftig, werde es aber versuchen. Sie sind ein Mann, wirft sie zurück, leicht entsetzt.
Ich wiederhole den Satz. Der Dialekt muss napolitanisch sein, echtes Napolitanisch, denke ich.
Der Koffer liegt nun auf der Ablagefläche. Also doch ein Mann. Mir zittern die Knie.
Draussen vor den Fenstern engt sich das Berner Oberland ein. Wird Tal und dann Berg, dann Tunnel.
Vater sitzt so da, wie ich ihn verlassen habe. Meinst du, es werden viele Leute kommen?
Bestimmt, sage ich, das ganze Dorf.

Das Dorf. Unser Dorf. Da ist Sentimentalität und sonst nichts.
Umständlich zieht er ein Photo aus seiner Jackentasche. Erinnerst du dich.

Die Mutter verlieren im Aufzug des Flughafens. Die Tür schliesst sich, und sie wird weggezogen. Weiss sie, wo ich bin, hat sie sich die Stockwerknummer gemerkt.
Die Krankheit hat sie langsam gemacht, hat ihr die Wirklichkeit genommen. Da ist nur noch ihr Schmerz, und alles andere wird zum Film. Lange, langsame Sequenzen mit unerreichbaren, unberührbaren Geschichten. Sie sitzt da und schaut dem schlecht geschnittenen Leben zu.
Was tun. Den Aufzug zurückholen, andere Menschen aussteigen lassen. Sie ist nicht da.
Vielleicht steigt sie aus, irgendwo, denkt an ihre Jugend, die sie mit zwanzig für ihn aufgegeben hat. Zu spät habe sie gemerkt, dass sie lieber ihre Schwester Lina geküsst hätte, geheiratet hätte. Heirate nie, Lina, habe sie gesagt oder laut gedacht an jenem Tag, als sie sich von ihm aus dem Haus ziehen liess. In ihren Augen Tränen, die missverstanden worden seien, dabei habe sie eine Einsamkeit entdeckt, die sie noch nie gefühlt habe. Eine Einsamkeit wie der Tod.

Immer wieder hält der Aufzug, öffnet sich, wirft Menschen in den Raum. Sie erscheint nicht. Ich schäme mich, dass ich so da stehe. Aber statt der tausend Blicke, die mich durchbohren sollten, spüre ich etwas Verwandtes in der Luft. Ein zweites Ich, das mich aufrütteln will.
Mach was. Beweg dich.
Immer deutlicher hörbar die Aufforderung zu gehen, sich zu melden. Langsam merke ich, woher dieses Verwandtschaftsgefühl kommt. Eine Stimme summt meinen Namen durch die Lautsprecher.
Die Mutter steht da, wie soeben photographiert, unbeweglich, nachgefärbtes Schwarzweiss, die Augen rötlich vom Magnesiumblitz.
Ich habe dich nicht gefunden, sagt sie.
Ich gebe das Photo dem Vater zurück.

Es gibt Aufnahmen von mir, die nicht mich darstellen. Sie stellen keine Nähe her, erwecken keine Familiarität. Sie zeigen mir meine dritte Person. Ist es die Beleuchtung, der Aufnahmewinkel, das Papier, das Ich des Photographen, ich weiss es nicht. Von nun an nenne ich mich auch er. Es soll keine Regel geben.

Es sei nicht endgültig, sagte die Ärztin, während er auf die Papiere schaute, um zu sehen,

in welchem Satz, in welchem Zeichen der nahende Tod seiner Mutter sich versteckte.
Er solle ihr sagen, es sei das letzte Wort noch nicht gesprochen, sagte die Ärztin genau in dieser Reihenfolge, vielleicht damit er es besser verstehe.
Er hatte die Zeichen auf den Papieren nicht entziffern können. Er fragte sich, wie das letzte Wort aussehe, ob es ein wichtiges Wort sei oder nur ein banales, ob jemand dieses letzte Wort überhaupt hören würde.
Grüssen Sie Ihre Mutter, sagte die Ärztin und hielt eine Hand hin, die er nahm und drückte.
Das letzte Wort ist gesprochen, und ich weiss noch immer nicht, was für ein Wort es ist.

Langsam verschwindet die Beunruhigung. Der Tod kündigt sich an, verschwommen entfernt, ein ausgelassenes Atmen. Die Beine haben sich vom Kopf gelöst, für immer, in eine selbständige Bewegungslosigkeit. Geschwätz. Wieviel braucht es davon? Die Augen beobachten den Körper, der wie eine fremde, stillgewordene Geschichte daliegt. Eine Erinnerung. Das Gehirn zieht sich auf seine Bestimmung zurück. Es erinnert sich. Es baut ein zweites Leben auf, ein Leben auf der Grossleinwand der Augen.

Er steht auf, verlässt seinen Vater. Ich gehe etwas trinken, sagt er vielleicht. Er weiss es nicht mehr. Er geht an den anderen Reisenden vorbei. Sie erheben ihre Köpfe, um ihn kurz anzuschauen. Er denkt an die Welle in den Fussballstadien. Sich erheben, sich setzen, Tor. Der Speisewagen wird nur bis Brig geführt.

In den Wahnsinn flüchten. In ein Lachen ohne Grund.

Er fühlt, wie sich seine Geschichte in einen unbewohnbaren Raum zurückzieht. Zwischen seinen Augenlidern entdeckt er das Fossil seiner Kindheit, messbar: Grösse, Beschaffenheit, Konsistenz. Er sieht die Augen des Kindes, sein neugieriges Staunen. Zu glauben, er sei noch immer derselbe, die Jahre seien nur ein Schutz, eine Hülle, um sich zu verstecken; eine Abwehr, eine Erfindung.

Er hätte das Kind umarmen wollen.

Jetzt schreien.

Das Weinglas an die Wand schmeissen.

Sich ausziehen. Lachen.

Wieder schreien.

Bis der Kellner kommt. Sich von ihm halten lassen, ihn vielleicht küssen.

Anhalten beim nächsten Bahnhof, Polizeiwagen, Krankenwagen, Beruhigungsspritze, sich abführen lassen, einen Elektroschock wün-

schen, um sich aufzuladen, damit die Gedanken wieder funktionieren.
Die Elektrizität dringt in meinen Körper, lässt Teil um Teil aufleuchten, jedes Organ, lässt mich aufbäumen, lässt mich flattern, gibt mir dann die Erinnerung zurück, die Erinnerung an mich.
Wie geht es dir jetzt, fragt mein Vater, als er sich wieder zu ihm setzt. Er betont wirklich dieses Jetzt. Wie geht es dir jetzt?

Ich habe das Bedürfnis, auf dieser Reise alles zu photographieren. Jede Landschaft, jedes Licht. Die Nacht in ihren verschiedenen Beleuchtungen. Das genaue Album einer Reise. Ohne Bewegung, ohne Geschwindigkeit.
Den Photoapparat photographieren, den Bartwuchs des Vaters beim Reisen.
Ein Inventar.

Die Napolitanerin hat mich erkannt. Ich wusste es seit der Geschichte mit dem Koffer.
Am leichten Schwitzen auf den Augenlidern lässt sich der lesende Mensch erkennen.
Sie schwitzt stark.
Grossvater, wird sie sagen.
· Nein, ich habe keinen Grossvater geschrieben. Ich weiss nur, dass mein Vater grosse Hände hat.

· Richtig, wird sie sagen, das habe ich auch gemeint, und Ihr zweites Buch war Das Schweigen der Lämmer, ein Bestseller. Ich habe den Film gesehen.
· Das Lachen der Schafe, aber das ist lange her.
· Sie sind doch Italiener.
· Das war mein zweites Buch.
· Zweite Generation.
· Ich weiss, dass ich wenig schreibe.
· Sie sehen die Italiener falsch. Ich kann Ihnen sagen, wie die Italiener sind.
· Immerhin habe ich noch einige Stücke geschrieben. Eines über den Duce für das Théâtre pour le moment.
· Die Heiligen sehen Sie auch falsch.
· Es fiel bei der Kritik durch. Zuviel Bahnhof und unmotivierte Warterei.
· Die Heiligen sollten Wunder machen.
· Der Psychiater sagte mir, ich solle die Kirche wieder in die Mitte des Dorfes stellen.
· Sie sehen mit schweizerischen Augen.
· Meine Hand schreibt Deutsch – was die Seele macht, sage ich Ihnen nicht.
· Ich habe eine Tochter, die würde Ihnen gut tun, oder sind Sie schon verheiratet.
· Nein, ich habe ein Kind.
· Pfui.
· Die Frauen bleiben nicht lange bei mir.

· Geben Sie mir ein Autogramm?
Sie klaubt ein Buch aus ihrer Handtasche. Es trägt den Titel Andorra.
· Das ist auch ein Italiener.
· In meinem Stück kam ein Bürgermeister vor, der eine Rede hielt über die neue Grösse der Nation.
· Berlusconi?
· Wer hat die Wahlen gewonnen?
· Ich weiss nicht, ich interessiere mich nicht mehr.
· Ich muss wieder zu meinem Vater zurück.
· Was schreiben Sie da auf?
· Unser Gespräch.
· Hat Ihr Vater wirklich so grosse Hände?

Zurück

Der Knabe war wie am Zugfenster angenagelt und spähte hinaus, um alles zu begreifen. Jede vorbeifliegende Landschaft, jedes Dorf, jede Stadt.

Wie konnte es möglich sein, dass in diesem Fenster sein Dorf nicht wieder auftauchte, die Augen des Grossvaters, der lachende Zahn der Grossmutter, Angelina?

Vater und Mutter waren schon eingeschlafen, der Knabe blieb wach, schaute in die schwarze Dunkelheit der Landschaft, in die erhellte Dunkelheit der Städte. Er hatte ganz Italien lang nicht geschlafen.

Der Bus auf der Piazza.

Das Stehen der Menschen.

Der Grossvater.

Die Fremdheit der Häuser, der Gesichter.

Der Priester mit den hundert Lire für auf den Weg. Das Wegfahren, die Verkleinerung dieser Menschen.

Die Verkleinerung eines ganzen Dorfes.

Seine ganze Welt hatte in den Augen Platz, bevor sie hinter einer Kurve verschwand. Musik aus dem Busradio, Übelkeit und eine Erregung im Bauch. Das kindliche Auf-die-Tränen-Beissen. Das plötzliche Wiederauftauchen

seiner Welt nach einer Kurve, hinter einem Baum, noch kleiner geworden, bis sie dann endgültig verschwunden war.
Eine Ebene.
Eine Stadt.
Der geschriene italienische Dialekt im Dampf der Lokomotiven. Die öffentliche Toilette, um sich im Gestank der Pisse zu übergeben. Das Rattern anderer Bahnhöfe mit ihren Menschen, die in die überfüllten Wagen hineingesogen wurden.
Der Geruch der fremden Frauen, erregend. Die ganze Nation aus den Schulbüchern wurde überfahren. Garibaldi im Eiltempo.
Gelernte Städtenamen hielten an.
Eine Hauptstadt.
Die reichste Stadt, Manzoni und seine Promessi Sposi am Bahnsteig, die Angst der Schulkinder. Weiter war er nicht gekommen, das europäische Ausland wäre erst im nächsten Jahr in sein Schulheft gezeichnet worden.
Ein Tunnel.
In seiner Dunkelheit eine Grenze. Uniformen nahmen Ausweise, öffneten Koffer, sprachen italienisch in der Grundform.
Dann das neue Dorf, Lützelflüh, anders gebaut als Santa Sofia d'Epiro, die Häuser weit auseinander mit Gärtchen davor, da und dort Zwerge.

Eine Wohnung, eine Mutter und ein Vater.
Vater schläft, sein Kopf lehnt sich an die vibrierende Wand, sein Mund ist ein wenig geöffnet, die Arme über der Brust verschränkt.
Ich stehe auf, will mich bewegen.

Als sie kamen, das erste Mal, schliefen die Einheimischen einen ruhigen Schlaf. Es bestanden keine Ängste damals.
Das mögliche Hochwasser war durch einen Schachenwald und einen grossen Damm gedämmt.
Man erzählt, dass sie nicht nur aus dem Zug stiegen. Einige kamen von den Hügeln herunter, andere aus dem Wasser.
Die Männer dunkel mit ihren Koffern. Dahinter die Frauen, die Kinder, ihre eigenartig riechenden Esswaren.
Ihr Pfeifton, oder war es mehr ein Zischton, weckte die Bevölkerung des Dorfes.
Tschingg.
Die Feuerwehr, die sofort zur Stelle war, leitete sie in die Baracken der grossen Sägerei am Fluss Emme, dessen Name dem italienischen Alphabet entstammt.
Drei Tage lang soll dieses Pfeifen oder Zischen gedauert haben, unterbrochen von Kinderlärm, fremder Musik und Messerstechereien.
Dann die Ruhe. Die Stille.

Vom anderen Ufer aus versuchten die Bewohner festzustellen, was sich ereignet hatte. In ihren Ferngläsern sahen sie, dass es dieselben Wesen waren. Sie hatten sich nur verändert. Ruhiger, ordentlicher, sauberer waren sie geworden. Sie entdeckten Kinder mit Besen und Männer mit Küchenschürzen.
Es sollte aber noch lange dauern, bis sie ihren eigenartigen Geruch ablegen konnten und eine normale Wohnung im Dorf haben durften.
1965, ein erfundenes Jahr, Lützelflüh, ein erfundenes Dorf, weit weg in der Geschichte.

Lützelflüh war ein kleines Dorf. Wir nannten es Lutzelflu oder Luzzelfluk. Einige sagten Lizilfli. Der Zug dorthin fuhr von Burgdorf nach Langnau und zurück.
Wir hatten drei wichtige Punkte erobert, die uns von den Einheimischen nicht ohne Kampf überlassen worden waren, aber eben, wir waren viel lauter: den Bahnhof, die Kegelbahn des Restaurants zur Brücke und den Bazar. Der Bazar bestand aus einem ungenutzten Fabrikraum mit einigen Tischtüchern und viel Bier, ein Vorläufer der Pizzerie, der Trattorie und der Spaghetterie, die Jahre später das ganze Land erobern sollten. Entdecke den Italiener in dir war noch kein Werbesatz.

Heute weiss ich, dass schon damals einige um ihren inneren Italiener wussten.
Diese drei Orte waren für Männer bestimmt. Die Frauen mussten zuhause bleiben. Am Sonntag nur spazierte man mit ihnen und zeigte stolz die gemachten Kinder.
Am Sonntag passten die Italiener auch gut in die dörfliche Idylle. Auf der Strasse grüssten sie freundlich; gruss euk, oder salu, andere sagten grissik, und einige wagten sogar ein Grüsseuk. Sie hatten keine Probleme mit dem Umlaut. Sie würden später ein Restaurant, eine Garage oder eine Gipsereifirma führen und besitzen.

Der Schlaf seines Vaters ärgert ihn.
Er möchte ihn erschrecken. Er möchte ihn anschreien.
Wenn ich meinen Vater anschaue, frage ich mich nach seiner Geschichte. Wo hält er sie versteckt? Wo ist das Pferd meines Vaters, wo sind seine weissen Schuhe, seine Kraft.
Er sitzt da und schläft. Er hat sich eingeschlossen, verriegelt, abgesperrt, als wäre sein Leben ein heisser kalabresischer Tag. Mein Vater ist eine Burg, unnahbar, am Verfallen.

Ich wollte ein Mann sein. Kegeln, ins Kino gehen, Bier. Ich wollte so schwitzen können wie Mario, ich wollte auch Haare an meiner Brust.

Vater begriff mich nicht. Er behauptete, ich sei erst zehn. Dabei wusste ich, dass ich mindestens zwölf war, wenn nicht schon sechzehn. Vater kannte nicht einmal seinen eigenen Geburtstag.

Wie willst du meine Jahre zählen können, wenn du nicht weisst, wie alt du selber bist! Jedes Jahr vergisst du meinen Geburtstag. Dann muss Mutter Tee kochen, damit wir wenigstens die leeren Likörflaschen füllen können, für die Photographien. Für mein Album, das ich dem Besuch zeigen muss, damit man sieht, wie reich wir sind.

Ich hatte schnell gesprochen.

Trotzdem hatte Vater Zeit, wütend zu werden, den Gurt von seinen Hosen zu befreien, meinen Rücken freizumachen und auf meiner Haut «Bandiera rossa, il color del vin» zu singen.

Während das Lied sich aus meinem Kopf entfernte – ich hatte lange geübt, meinen Körper von mir zu trennen, und war ein Meister der Teilnahmslosigkeit geworden –, dachte ich an meine Grossmutter, die, weit weg von hier, nicht wissen konnte, was mir geschah.

Ich dachte an ihr oi, oi, oi, po, po, po!, das verschiedene Bedeutungen haben konnte.

Oi, oi, oi, po, po, po mit einem geschlossenen Auge hiess: Schau, wie blödsinnig.

Oi, oi, oi, po, po, po mit einem Biss in die Hand hiess: So kann es nicht mehr weitergehen, oder: ich werde nächstens sterben.
Meine Grossmutter hat mich gerettet. Sie gab mir einen Gedanken, der mir den Respekt meines Vaters für lange Zeit sichern sollte: Ich schloss die Augen, wurde bleich und liess mich fallen. Ich starb einen schmerzlicheinsamen Tod.
Erstarrt stand er da mit einem erschlafften Gurt in der Hand. Die Haare grauer, der Körper kleiner, eine feuchte, gelbliche Stirne und trockene Lippen. So muss er ausgesehen haben, als meine Mutter hereinkam, mich sah, mich noch einmal sah und zu schreien anfing. Sie nahm ihm den Gurt und schlug auf ihn ein. Der geschlagene Vater wehrte sich nicht. Umgebracht hast du ihn! Unseren Sohn! Gesùmariamadredidiosantissimadolorosaaiutacitu!
Ich erwachte aus meinem Sterben, sah einen Mann und eine Frau, meine Eltern. Die Frau küsste mich weinend. Mein Sohn, nannte sie mich. Der Mann wusste nicht wohin schauen. Er stand da, als wäre der Himmel vom Himmel gefallen. Ich war also Mensch und Mann geworden.

Ich war ein Mann geworden und hatte Mario zu meinem Beschützer gemacht. Er hatte mir

ein Rasiermesser geschenkt. Meine Barthaare wollten nicht wachsen, sie glaubten mir mein Alter nicht. Mario hatte überall Haare. Ich durfte sie streicheln und befühlen. Ich liebte seine Art zu schwitzen, ein wohlriechendes, beschützendes Schwitzen, Geruch von Verwandtschaft. Mario war der stärkste Italiener von Lützelflüh. Er war fast so stark wie Magiste oder Herkules, die im Kino von Burgdorf Berge und Pyramiden umherwarfen. Ihre Frauen aber umarmten sie sanft, ohne sie zu zerquetschen. So war Mario, stark und sanft.
Mario ging jeden Abend in den Ochsen. Er setzte sich an einen der freien Tische, bestellte mit unsicherer Stimme ein Bier, welches er meistens nicht austrank, weil er Bier nicht mochte, wenn er allein war, und schaute sie an. Sie hatte sich an ihn gewöhnt, manchmal liess sie sogar ihre Hüften zwischen den Tischen hin- und herpendeln oder schnürte ihre grossen Brüste zu Hügeln.
Einmal nahm er mich mit. Wir bestellten ein Bier und ein Mineralwasser. Sie wird meiner Mutter bestimmt gefallen, sagte er zu mir. Daheim hätten seine Eltern eine Heirat organisiert, man hätte die Grösse der Aussteuer und die Menge der Gäste ausgehandelt. Hier aber musste er alles allein machen.
Ich konnte ihm auch nicht helfen.

Er hatte viele Briefe geschrieben, aber keinen abgeschickt. Silvia ti amo, ti desidero, ti voglio.
Die Rosen, die er auf dem Tisch hatte vergessen wollen, hatte er alle wieder mitgenommen. Seitdem er sie kannte, arbeitete er mehr. Er machte Überstunden, ging nicht ins Kino, nicht in den Bazar. Er wollte reich werden. Sie sollte nicht mehr arbeiten müssen.
Sie ist zu gross für dich, hatte ihm mein Vater gesagt, dein Kopf kommt nur bis zu ihren Brüsten, dann ist Schluss. Er hatte gelacht; wie ein Huhn hatte er gelacht, mein Vater.
Ich dachte daran, wie er in die Schweiz gekommen war und behauptet hatte, er sei nicht verheiratet. Als meine Mutter mit mir und den vielen grossen Koffern in seinem Zimmer angekommen war, lag neben ihm eine andere Frau, ganz nackt. Sie kicherte, wurde rot, sah aus wie eine Aussätzige und wollte mich umarmen, wie schön, dein Sohn! Ich wehrte mich und schrie alle Heiligen an, die ich kannte. Mutter weinte, Vater schlug mich.
Mir macht es nichts aus, sagte Mario. Ich liebe Silvia so, wie sie ist. Und sie soll mich so lieben, wie ich bin.
Sie würden in seinem Heimatdorf heiraten. Es sollte ein grosses Fest werden. Ein Fest auf der Piazza. Italien würde ihr bestimmt gefallen.

Er stand auf. Ich auch. Vom Bier hatte er nichts getrunken. Er wollte nach Hause gehen, um ihr zu schreiben. Draussen hörten wir ihre Stimme, und Mario war glücklich. Eine Stimme sei ein Zeichen, ein Zeichen der Liebe, sagte er.
Eine Hand kam auf Mario zu. Sie berührte ihn. Er drehte sich um. Sie stand vor ihm, Silvias Brust.
Jetzt würde sie ihn umarmen und küssen, sie würde ihm sagen, dass sie ihn heiss liebe.
Ich will dich heiraten und dir Kinder machen, würde er antworten, Italien wird dir gefallen.
Silvia aber blieb vor ihm stehen und schaute ihn an. Mario lächelte mit seiner Zahnlücke und sagte leise, Silvia.
Herkules, dachte ich und war stolz auf Mario.
Silvia hielt ihm die Hand vor die Nase und sagte: Du noch bezahlen.

Frau R. war die grösste Frau von Lützelflüh. Einige behaupteten, sie sei grösser als ein Pferd. Mario und Frau R. wären ein schönes Paar gewesen, Pyramiden der Liebe. Aber Frau R. war verheiratet, und Mario hatte Angst vor grossen Frauen, behauptete er. Ich fühlte mich wohl bei ihr, beschützt und aufgehoben. Ihre Brüste füllten meinen Himmel aus. Da ist Milch für das ganze Dorf, sagte sie, wenn sie

am Samstag das heisse Wasser in die Plastikwannen goss, um ihre beiden Töchter zu reinigen, und sah, dass ich staunte. Ich durfte zusehen. Jeden Samstag.
Das gefällt euch Italienern. Wäschst du dich überhaupt?
Wir mochten uns trotzdem.
Vor ihrem Mann hatte ich Angst. Er war noch grösser als sie. Er reinigte die Strassen. Vielleicht mochte er deswegen die Italiener nicht, aber vielleicht mochte er sie, und niemand wusste es, weil er fast nie sprach, nur Laute von sich gab.
Wenn sie mit ihrem VW-Käfer in die Berge fuhren, durfte ich auch mit.
Die musst du alle kennen, Eiger, Mönch und Jungfrau, das ist die Schweiz, lachte Frau R. in den Rückspiegel, während ich meine Hand zwischen den warmen Oberschenkeln ihrer Tochter M. hielt. Nach zwei Kilometern gab es den ersten Halt. Frau R., die gerne Auto fuhr, stieg aus und kotzte.
Diese Berge habe ich gekotzt, Eiger, Mönch und Jungfrau, sagte SIE, wenn sie mit feuchten Augen und schlechtem Geruch zurückkam. Sonntag für Sonntag, wenn wir in die Berge fuhren.
M. war die ältere Tochter. Sie war sehr jung, hatte noch keine Schamhaare. Ich auch nicht,

aber ich hatte mir welche mit schwarzer Tinte aufgemalt.
Einmal – meine Eltern waren in der Fabrik, für die Zukunft und ein Haus am Meer – lud ich sie zu mir ein.
Setz dich aufs Sofa. Zieh dir dein Höschen aus. Ich werde dir Schamhaare malen, damit du wie deine Mutter aussiehst. Du fürchtest dich, ich weiss, aber vertrau mir, ich weiss wie das geht. M. schaute mich unsicher an, aber ich unterstrich meine Worte gekonnt mit einem Augenzwinkern. Sie war überzeugt. Sie zog sich aus. Zwei rosarote Lippen, fast grösser als die am Mund. Ich malte ihr Schamhaare. Später gab Herr R. einen schrecklichen Laut von sich. Ich durfte nicht mehr mit in die Berge.

Ich hatte als erster Italiener die Sekundarschulprüfung bestanden und war zum Vorzeigeobjekt der emigratorischen Intelligenz geworden. Alle wollten mich mit ihren Töchtern verloben. Ich wurde zum Führer der italienischen Jugendbewegung gewählt.
Ich ahnte nicht, dass unser Tun die Welt derart beeinflussen würde, aber als wir im Fernseher in die Hauptstädte der Welt sahen, wurde es mir bewusst: Wir hatten etwas ausgelöst, eine Welle, die von der Emme aus die

Erde umkreiste. Die Jungen im Fernseher hatten dieselben Haare, dieselben Kleider, dieselben Schuhe. Ihr Zeichen war dasjenige, das ich bei einer Fahrt in die Berge für M. erfunden und ihr zwischen die Oberschenkel gezeichnet hatte. Sie machten unsere Musik, sie rauchten auch Pfeffer und Nelken aus selbstgedrehten Zigaretten. Sie kopierten unser dreitägiges Konzert am Holzstock, unseren Krawall bei der Käserei. Aus unserem Jugendzentrum im Kirchgemeindehaus Grünenmatt wurden in den Städten autonome Zentren in Fabriken und Gaswerken.
Wir waren die wahre Avantgarde dieser Zeit, leider unbemerkt. Keiner hätte über uns geschrieben, wenn ich das jetzt nicht täte.
Wir hingen noch sehr an den Müttern und nannten unsere Musik Rock. Mit zwölf hatte ich meine erste Rockgruppe, die Italian Chickens. Ich spielte Schlagzeug, so laut, dass man es am Stammtisch der Oberdorfbeiz hörte. Aber niemand entdeckte uns, denn die Medien waren nicht in Lützelflüh, sie waren in London, Paris, Berlin, Zürich. Nur einmal wurde etwas schriftlich festgehalten*: Meine Rede, die ich am ersten August, zum schweizerischen Nationalfeiertag hielt, während die

* Siehe: Grünenmatter Tagblatt, 21. März 1968

Blasmusik Ramsei den Berner Marsch spielte. Zu dieser Zeit lebte der rothaarige Daniele Cono Benedetto im Dorf. Er war ein Freund Manducas, der mich überzeugen wollte, mit seiner Schwester zu schlafen, da ich ihm die Kunst der Befriedigung gezeigt hatte und er mich deswegen für immer an sich binden wollte. Ich suchte die Nähe des Cono Benedetto. Sein berauschendes Sprechen war wie die Nächte, die sich im Sommer vom Schachenwald her in mein Zimmer schlichen, das ich mit meinen beiden schnarchenden Onkeln mütterlicherseits teilte, die keine eigene Wohnung wollten, weil sie bei der Giesserei Oberburg arbeiteten und sehr schmutzig wurden.
Daniele war schon zweite oder dritte Generation, abstammend von einem friulanischen Bergbauern, verwandt mit Pasolini, also ein Freund besonderer Klasse, mit eigenem Zimmer und dem ersten Plattenspieler von Lützelflüh, wie er selbst behauptete. Wir hörten Rolling Stones, die im Gegensatz zu meiner Band schon einen Plattenvertrag hatten, während uns die Haare wuchsen, so dass die Mütter uns nicht mehr am Rock haben wollten.
Daniele hatte rote, glänzende Haartrauben. Er verliess uns früh.
Ich gebe zu, dass ich ihm viel zu verdanken habe. Die Idee der Schülerzeitung in der vier-

ten Klasse zum Beispiel, die durch unseren eigenen Zirkus finanziert wurde. Und hätte dieser unmögliche Schwachkopf Manduca nicht bei einem Kopfstand auf einer Raviolibüchse seine Nase zertrümmert, was die Zerstörung des Zirkus durch seine furiose Mutter bewirkte, wäre ich heute sicher ein anerkannter Journalist.
Von Daniele stammt auch die Idee, dass neben der Gotthelfstatue die des unbekannten Italieners stehen sollte, was bis heute noch nicht stattgefunden hat.

Schwierig festzustellen, was sich in all den Jahren verändert hat.
Die Silos der Mühlen
Die Kirche
Die Menschen
Der Bahnhof
Im Bahnhof war der Wartsaal mit einem Ölofen. Du spieltest Karten mit den anderen – die Züge zählend. Fahrende Züge waren dir Heimat. Nur nicht anhalten.
Ich steige wieder einmal hier aus, nach all der Zeit. Kein Bahnwärter, kein Bahnhofvorstand, alte unrentable Schienen. Ein Bahnhof wie überall mit Automaten für Fahrkarten, Schokolade, Präservative. Automaten, die die Welt eng machen, abgelegen. Das Mittelmass

als Ort und Zentrum der Erde. Kein Schmetterling wird sie durcheinanderbringen.
Ich liebe dich Heidi.
No wa
Tamilenhu
Wandtexte
Sonst ist kein Mensch zu sehen. Das Restaurant zum Bahnhof bietet ein Spaghettifestival an.
Spaghettifresser
Maiser
Gotthardchinesen
Katzenfresser
Itaker
Tschingg
1965
Der Zug roch nach aufgeheizten Holzbänken. Du zogst mich durch den Schnee. Ich hielt meine unsichtbaren Freunde, die ich mitgebracht hatte, an der Hand. Deine Schritte waren mir zu schnell.
Ich gehe ins Restaurant. Spaghetti werde ich keine bestellen. Sie liegen zu lange im Wasser hier. Ein lautes Schlürfen und Spritzen geht durch den Saal. Ich erkenne kein Gesicht, keine Hand. Das alte Dorf ist verschwunden.

Zeiten, da wurde er häufig von Polizisten angehalten. Überall. Auf Brücken, bei Bahnhof-

ausgängen, in Kneipen. Waren es die langen Haare. War es ein Blick, eine Art des Gehens. Scheinbarer Erzählstoff, ein Beweis seiner Fremdheit? Das glückliche Gefühl beim Zeigen seiner Aufenthaltsbewilligung.
In der Schweiz Ausweis C, wie cittadino, citoyen. Der dritte Buchstabe, weil die Logik einfach ist: A, B, C. Anfänger, Betriebsbereit, Civilisiert.
Die Sprache ist anders. Keine Ausweise. Die Sprache, eine langsam eroberte Heimat. Vom ersten Salü über die Verwechslungen, Fehler, bis zu den kurzen, vorsichtigen Sätzen.

Vorwärts

Vor der Grenze hat er Lust, einen Katalog zu erstellen. Laut, damit sein Vater es hört.
Santa Sofia hat eine Piazza, Lützelflüh hat keine.
Lützelflüh hat Fabriken, Santa Sofia hat keine. Santa Sofia hat vier Kirchen, Lützelflüh hat eine.
Santa Sofia hat sechs Carabinieri, Lützelflüh hat einen Kantonspolizisten.
Die Bewohner von Santa Sofia gelten als hartköpfig, die von Lützelflüh auch.
Santa Sofia hat zwei wichtige Heilige, verschiedene Priester und Nonnen.
Lützelflüh hat einen Männerchor, einen Turnverein, eine Feuerwehr.
Lützelflüh hat ein Kino.
Santa Sofia hat guten Kaffee.
Das Restaurant zur Emmenbrücke, in dem früher die lauten Italiener kegelten, ist jetzt eine Pizzeria.
Santa Sofia hat seit kurzem auch eine Pizzeria. Sie gehört einem, der lange in Lützelflüh gearbeitet hat.
Santa Sofia liegt nicht am Meer, Lützelflüh auch nicht, aber das Meer ist näher bei Santa Sofia als bei Lützelflüh.

Der Vater beobachtet die Spiegelung des Zugabteils im Fenster, das ihn vor der Dunkelheit schützt.
Ich habe diese Reise seit langem nicht mehr mit dem Zug gemacht, sagt er, mit dem Auto ist es angenehmer, du kannst alles selber bestimmen.
Lützelflüh hat mehr Autos als Santa Sofia.
Wichtig war, möglichst schnell anzukommen.
Santa Sofia liegt auf den Hügeln, die zur Sila hinaufwachsen, am Rande der Kastanienwälder, keine Hauptstrasse führt dorthin. Lützelflüh liegt im Emmental, die S10 führt dorthin.
Wir haben oft angehalten, sagt der Vater, Sandwiches gegessen auf den Autobahnraststätten, manchmal haben wir Turnübungen gemacht.
Er sieht das Abbild seines Vaters im Fenster und denkt, dass auch zwei Abbilder sich in die Augen schauen können.

Die Grenze. Er verlässt den Vater, sucht ein anderes Abteil. Er kann die Angst des Vaters nicht ausstehen, das Zittern seiner Lippen, seine Augen, die sich schon auf schuldig einstellen. Er setzt sich so hin, dass er den Vater sehen könnte, wenn es nötig wäre.
Im letzten Sommer war es seinem Vater nicht mehr gelungen, ein Wort auszusprechen. Seine Lippen bewegten sich, machten tonlose

Zeichen, ohne Bedeutung. Es war, als ob ihm die Sprache den Zugriff in ihre Welt verwehrte. Die Worte hatten sich aus dem Raum zurückgezogen, waren ein schwarzes Loch geworden. Der Vater ahnte nur noch ihre Geräusche. Die Lippen hatten sich vom Kopf getrennt, die Mitteilungen kamen nicht mehr an.
Er sieht, wie sein Vater die Ausweise zeigt, dann den gemeinsamen Koffer öffnen muss. Er dreht sich um, schaut zum Fenster hinaus, Brig, das blasse, strenge Licht der Bahnsteige.
Den Mund aufmachen
Die Sprache verschlagen
Die Zunge abschneiden
Die Lippen zunähen
Die Zunge verlieren
Das Wort verlieren
Sprich
Sprecherziehung
Sprechstunde
Sprechzimmer
Sprechzelle

Der Vater ordnet den Koffer. Alles muss so sein, wie es war. Zuoberst ihr Pullover und das Photo am Flughafen Kloten.
Sie lachen beide.
Ich erinnere mich, wie sie sich auf der Aussichtsterrasse hinstellten, hinter ihnen die Flug-

piste und das fahle Sonnenlicht, und auf meinen Befehl hin lachten.

Mir wird bewusst, dass ich italienisch denke. Wahrscheinlich erkennt mein Gehirn die Grenze und entzieht die Gedanken der deutschen Sprache. Codeswitching, ich muss übersetzen, wenn ich schreiben will.
Ein Meer nähert sich dem Zugfenster. Auf diesem Meer ein riesiges Schiff. Darauf stehen Leute. Bei genauem Hinschauen sehe ich nur Männer, junge Männer, nebeneinander, übereinander. Sie machen das Siegeszeichen. Victory.
Verstehst du uns nicht, fragen sie. Wir wollen auch hier bleiben.
Ich höre ihre Sprache, sie ist eine Mutterzunge, die mich leckt. Sie ist aber auch fremd, hat einen anderen Geschmack.
Wir sind keine Kommunisten. Wir sind Albaner, Europäer. Wir sind gekommen wie deine Vorfahren vor fünfhundert Jahren, schreien sie. Erkennst du den Adler?
Nein, antworte ich, nein, ich kann den Adler nicht sehen.
Das Schiff wird von einer Welle zurückgeschlagen, viele fallen hinunter. Sie versuchen zu schwimmen.
Ich erkenne euch nicht, sage ich, ich verstehe eure Sprache nicht, aber schwimmt, schwimmt.

Helikopter tauchen auf. Sie haben Fernsehkameras. Sie filmen. Jemand gibt ein Interview. Aus dem Wasser steigt die italienische Fahne, sie zieht ein U-Boot an die Oberfläche, darauf stehe ich als Kapitän. Steht mir gut die Uniform, denke ich. Der Kapitän beginnt auf das andere Schiff loszuschreien. Geht wieder nach Hause. Hier hat es keinen Platz mehr.
Die jungen Männer pfeifen.
Was werde ich tun, frage ich mich, doch dann spüre ich einen heftigen Druck auf meiner Stirn, das U-Boot explodiert, die italienische Fahne brennt. Dunkelheit, Rauch, die Trümmer lassen das Meer aufspritzen. Mir schmerzen alle Knochen. Ich spüre Wasser in meiner Lunge. Einige Männer nähern sich mir. Sie nennen mich Onkel, sie nennen mich Bruder. Ich kenne sie nicht. Erinnere dich, sagen sie, du bist gegangen, und wir sind geblieben, wir haben gegen die Osmanen weitergekämpft, wir haben uns ihnen ergeben, wir haben den Gott ausgewechselt, die Kleider –.
Ich kenne euch nicht.
Du bist gegen uns in den Krieg gezogen, sagen sie, du hast uns verraten, du hast uns erobert. Du bist der General der toten Armee.
Ich kenne euch nicht.
Die rauhe Hand meines Vaters drückt auf meine Stirn. Du wirst kein Fieber finden, sagt die

Napolitanerin, während der Hahn kräht. Ich schaue sie an und sehe den Hahn in ihrer Handtasche. Die Napolitanerin lacht: Sie fragen sich, weshalb ich mit Ihnen reise. Oder nein, Sie haben noch nicht bemerkt, dass ich mit Ihnen reise. Sie werden erstaunt sein, ich gehe auch nach Santa Sofia.
Die Napolitanerin hält mir einen Brief entgegen: Ich erkenne die Schrift meiner Mutter, ihre mühevolle Arbeit beim Schreiben der Buchstaben.
Da, lesen Sie.
Meine Lieben, ich schicke euch die Napolitanerin. Sie soll euch begleiten, denn ihr seid beide ziemlich unfähig, so kann ich beruhigt im Flugzeug liegen.
Die Napolitanerin reisst den Brief aus meinen erstaunten Händen. Caterina hatte Humor, sagt sie und geht an ihren Platz. Ihr Hahn schaut mich herablassend an.
Wenn ich wieder in die Schweiz zurückgehe, werde ich meinen Analytiker besuchen, denke ich und sehe, wie die Napolitanerin mit Leichtigkeit den Koffer herunterholt, ein Buch von mir auspackt und zum Fenster hinauswirft.
Sie sind kein Schwergewicht, sagt sie, aber ich mag Ihre Bücher trotzdem, sie sind kurz, fast wie eine Postkarte, und vor allem fliegen sie gut.

Mein Analytiker heisst Liechti.
Möchtest du etwas trinken, Angelo, fragt mein Vater. Angelo, er nennt mich Angelo, dann legt er seine Hand auf meine Schulter, so unentschlossen, dass mich deren Gewichtslosigkeit ärgert. Du berührst mich wie ein Geist.

Domodossola.
Die Puppenverkäufer sind verschwunden. Sie standen Tag für Tag auf dem Bahnsteig mit ihren Wagen voller riesiger Puppen – Mädchenpuppen, mit langen Beinen und schönen Kleidern in knalligen Farben.
Die Italiener kaufen keine Puppen mehr, die einem vom Sofa oder vom Bett aus zuzwinkern, die mitten in der Nacht aufstehen, um zu tanzen. Die Puppen sind alle in die Wohnungen der Tamilen geflüchtet.
Ein Fremder mit einem kleinen Buch unter dem Arm geht auf dem Bahnsteig am Zug vorbei, hält es einen Augenblick lang in die Luft, geht dann weiter, ohne sich umzuschauen.
Niemand verkauft Puppen.
Niemand verkauft Kaffee.
Ist das ein Kinderlied?

Er denkt, dass ihn diese Reise zum Waisen machen wird, wenn er seinen Vater in Santa Sofia zurücklässt.

Wer wird er sein, wenn er sich nicht mehr in den Augen des Vaters spiegeln kann. In diesen Augen, die ihn kaum gesehen haben. Wird er noch eine Geschichte haben, oder wird er nur frei sein, ohne verwandtschaftliche Kontrolle.
Sie sind jetzt alleine hier?
Erzählen Sie, erzählen Sie. Wie geht es Ihrem Vater? Hat er zurückgefunden?
Zurückgelebt.
In den Ursprung.
In die Herkunft.
Geht das?
Er müsste vielleicht auch zurück, irgendwohin zurück.

Milano Centrale.
Schön der Bahnhof. Gross der Bahnhof. Können wir sagen. Sagen wir.
Das Wort Sackbahnhof erinnert an eine konsularische Geographiestunde für Emigranten. «Mailand ist die Finanzhauptstadt Italiens und hat einen Sackbahnhof. Im Augenblick regiert die Lega Lombarda. Denken Sie bitte an die Zeit der Guelfen und Ghibellinen.»
Ich habe den Namen des Lehrers vergessen.
Auf den Toiletten spritzen sich die Politiker der Nachkriegszeit. Sie finden keine Venen mehr, deshalb stecken sie die Nadel vorne zwischen die Eier. Dürre, ausgemergelte Män-

ner. Führer einer Nation. Sie ziehen ihre Villen und Konten durch den Bahnhof. Es geht ihnen gut, jetzt. Nur wenigen hat der Stoff nicht geholfen. Diese verstecken sich in ihren Villen oder springen zum Fenster hinaus. Knochenstaub bleibt liegen.
Ich entdecke mein Gesicht im Spiegel hinter der Bar des Gran Caffé. Auf dieser Fläche erscheinen mir meine Züge erkennbar, bekannt, sogar familiär. Daneben zeichnet sich ein anderes Gesicht auf die Glasfläche. Wäre SIE nicht im Flugzeug, würde ich glauben, SIE stehe da. Trinkst du etwas, würde ich fragen. Ich drehe mich um, das Lokal ist leer. In meiner Blickrichtung ein Plakat mit der Aufschrift «Neue Gefühle».
Ein Brennen durchdringt meine Hand, eine Gestalt rennt davon, alles geschieht in einer ungewohnten Perspektive, als würde ich nicht dazugehören, als blutete meine Hand nicht, als wären es nicht meine 100 000 Lire, die gestohlen wurden.
Ich bestelle einen Capuccino mit viel Schaum, so wie ich ihn mir während der Reise erträumt habe. Die heisse Milch zieht eine Linie zum Bauch hinunter. Ich fühle mich glücklich.
Die Sehnsucht nach einem anderen Körper kommt auf. Im Spiegel finde ich meinen Vater. Deine Hand blutet, sagt er.

Trinkst du etwas?
Ich umarme ihn.

Landschaften auf dieser Reise. Ich hatte nie eine besondere Beziehung zu Landschaften.
Wenn ich in meine Kindheit zurückgehe, sehe ich Gassen, Häuser, Hände, Gesichter, den Zahn meiner Grossmutter, die Lichter in der Ferne der Nacht. Lichter, die mich träumen liessen, von Wärme, von Reichtum, von Nahrung im Überfluss.
Ich frage den Vater nach seinen Landschaften. Die Frage erstaunt ihn. Sie ist ihm ungewohnt. Sie gehört nicht zu unseren Gesprächen.
Am Fenster rollt sich die Po-Ebene auf, grosszügig geplant. Kalabrien und das Emmental wurden aus Platzmangel entworfen.
Ich frage mich, sagt der Vater, was gewesen wäre, wenn wir nach Argentinien ausgewandert wären, damals mit deiner Tante Rosaria. Ich wäre nicht mehr Fabrikarbeiter, und du hättest mehr geschrieben und weltweit verkauft.
Ich mache den Vater verschwommen, unscharf und lasse seine Stimme im plötzlichen Bremsen des Zuges untergehen. Sauber, ohne Spuren zu hinterlassen.
Bestseller.

Schäme dich. Hol ihn sofort zurück! Er ist ja dein Vater, sagt eine Frau im Vorbeigehen. Sie kommt mir bekannt vor.
Nach und nach sitzt mir wieder ein ganzer Vater gegenüber.
Was war, will er wissen.
Streik, sage ich, oder ein Attentat vielleicht. Italien ist unsicher geworden.
Landschaft heisst auf albanisch peisazh, ich habe das nachschauen müssen. Die Herkunft des Wortes kann französisch oder italienisch sein. Wir haben kein Wort für Landschaft.

Bologna.
Ein Name auf der Reise, ein Name in meinem Italien. Wir schlafen.
Hier nie ein- oder ausgestiegen, vielleicht mal Wasser, Sandwich oder Kaffee von den Bahnsteighändlern gekauft.
Der Atem der Napolitanerin in meinen Ohren schreckt mich auf, wie lange habe ich geschlafen, draussen sind grelle Lichter. Firenze, sagt sie.
· Weshalb atmen Sie in meiner Nähe?
· Sie müssen mir helfen, ich kann den Koffer nicht schliessen.
· Lassen Sie mich in Ruhe, ich will schlafen.
Kaum habe ich das gesagt, beginnt der Hahn aus der Handtasche zu krähen. Vater öffnet

die Augen und schliesst sie dann wieder, während sein Kopf langsam auf meine Schulter fällt. Ich schiebe ihn auf die andere Seite.

· Also gut, ich komme.

Der Koffer liegt geöffnet auf der Sitzfläche, ordentlich aufgeräumt, Hühnerfutter, Kleider und einige Bücher, zuoberst meine Erinnerungen, äusserst zerknüllt.

Ein Mädchen und ein Paar Oberschenkel machen noch keine Erotik aus, sagt sie, schreiben Sie über den Schreiber, er war mein Freund und der Freund Ihrer Mutter.

Der Hahn hilft mir beim Schliessen des Koffers. Der Zug beginnt zu rollen.

Gute Nacht.

In unserem Abteil liegt Vater auf der ganzen Sitzfläche und schnarcht.

Ich war während meiner Zeit im Gymnasium Burgdorf der Liebling der Bürger, die anders sein wollten als die anderen und dazu einen Fremden brauchten. Ein Fremder im Haus, damit bewiesen sie ihre Toleranz, ihre Weltoffenheit, was in diesem Land viel bedeutet.

Sie führten mich aus, nahmen mich bei ihren Spaziergängen mit, luden mich in Restaurants ein und veranstalteten Feste, um mich zu zeigen. Einer von ihnen war Direktor in einem

Käselager des Tales. Er beschloss sogar, mit mir nach Kalabrien zu reisen, um meine Herkunft zu erforschen. Er bezahlte alles, selbst die Einladungen in den Familien meiner Verwandten, die zuerst befremdet, dann erstaunt und zuletzt belustigt das Geld annahmen. Am meisten genoss es mein Grossvater, der soviel Wein auftischte, dass ich mich fragte, ob er wirklich aus seinem Rebberg stammte, der ja nicht viel grösser war als ein Tischtuch. Am Schluss des Abends gab er dem Käsedirektor eine schöne, handgeschriebene Rechnung.
Aber nicht davon will ich erzählen, denn ich weiss, dass die Napolitanerin anderes lesen will.
Auf der Rückreise mussten wir von Cosenza bis Paola im Gang stehen, denn der Zug war von Bauern erobert, die auf den Markt gingen oder ans Meer.
Der Käsedirektor war entzückt, er lobte das Land, die Gastfreundschaft und entdeckte überall Gesprächsstoff für die Abende mit seinen Freunden. Ich war verärgert, stehendes Reisen war mir ein Greuel, bedeutete Armut und Emigration. Mit uns stand auch eine junge Frau. Sie trug eine sehr farbige Bluse und einen Faltenrock, wie sie auf dem Lande üblich waren, ihr Haar war lang und hatte die Farbe der Oliven aus dem Ofen.

Ab und zu sahen wir uns an. Sie wurde mir immer schöner. Meine Augen brachen aus der Umlaufbahn aus. Während der Käsedirektor immer noch schwärmte, spürte ich plötzlich ihre Hand an meiner Hand, dann zwischen meinen Beinen. Sie zog mich weg, eine Tür schloss sich hinter mir, sie küsste mich heftig. Ihre Zunge war eine frische Frucht, ihre Säfte betörend, ich spürte wie sie ihren Rock hochriss, wie sie meine Hand führte, wie ihre Zähne in mein Fleisch bissen.
Als wir zurückkamen, hatte mein Begleiter einem Bauern, der nun sehr strahlte, eine Orange abgekauft, und er schälte sie wohllüstig (helvetische Schreibweise) mit seinem Armeemesser.
Die Napolitanerin liest die Geschichte, zerknüllt sie, öffnet ihren Koffer und schmeisst sie rein. Danke, sagt sie, könnten Sie mir den Koffer schliessen?

Ich schliesse die Augen, höre weit weg die Geschwindigkeit des Zuges, das Geräusch der geschweissten Stellen, möchte die Schwellen zählen von Lützelflüh nach Santa Sofia, frage mich, ob SIE diese mal gezählt hat.
Träume.

Das langsame Weggehen.
Ihre Augen sind an die Decke geheftet. Unendliches Weiss.
Kein Schauen nach den anderen, allein will SIE es erleben. Der Schmerz hämmert auf das Herz, der Körper klingt nicht mehr, die Stimmen sind ein reissender Strom von Lauten.
Aufhören, sagt SIE, hört auf zu schlagen.
Zemer, das Herz, zemerin, die Wut. Die Wut soll zu schlagen aufhören. Die kindliche Wut beim Abschied, schnell-noch-etwas-zerstören, Schlag in den Bauch.
Wie mein Vater, sagt SIE, Schläge in den Bauch, weil ich ihn um Brot bat, und dann Licht und dann Dunkel, und dann die Beine halten mich nicht mehr, und ich falle.

Ein Mann schreit, nicht passend zu dieser Gegend, erschreckt die Kühe, ein Schnitt in die sanften Hügel. Seine Hände packen den Körper einer Frau, aufrütteln, drehen, tragen, wiegen, an sich drücken.
Ein Kind hätte geglaubt, dass er ihr das Leben hätte zurückgeben können. Mein Vater.
Mein Sommervater mit den Geschenken aus einem fremden Land.
Eine Frau verlässt ihren Mann, ohne letzte Geste, ohne Pathos, nur mit einem raschen Atmen, das sich selber einholen will.

Ich erinnere mich an ein Schamgefühl, kann anfänglich den Grund nicht finden. Vater ist aufgestanden, um ein paar Schritte zu machen. Ich sehe mich in einem Wagen, mein Körper bewegt sich hin und her in der Bewegung des Fahrens. Ich bin erregt, ein heftiges Gefühl, schmerzend. Nackte Körper bedecken mich. Ich starre auf ihre Lippen, Brüste, Zungen, alle ineinander verschlungen. Sie scheinen aus meiner Haut gewachsen zu sein. Ich will sie berühren, streicheln. Der Druck eines vorbeifahrenden Zuges lässt sie auffliegen, zerschellen. Blut.
Ich trinke.

Zurück

Vater sprach alle Menschen mit Capo an, das war Anfang der sechziger Jahre unter den Auswanderern südlich von Rom in Mode. Kaffeeverkäufer, Gepäckträger und andere Angestellte oder Freischaffende wurden in den Stand der Capi gehoben.

· Capo, wie lange geht es noch bis nach Rom?

· Was weiss ich, frag doch den Papst.

Der Vater schwieg. Ich zischte, vaffancu ... Der Capo kam zurück, was hast du da gesagt, ich lass dich zu Fuss gehen, du unerzogene Kreatur!

Ich habe nichts gesagt, sagte ich.

Nichts, er hat nichts gesagt, er ist erst zehn, ist nie aus seinem Dorf rausgekommen, Sie müssen verstehen, er hat nichts gesagt, sagte der Vater, der, kaum war der Zugführer verschwunden, mir ein Wahnsinnswatsche runterhaute. So spürte ich bei meiner ersten Reise das mögliche Zusammentreffen von Vatermacht und Staatsmacht an meiner Wange.

Rom stellte ich mir so vor wie auf den Photos in meinen Schulbüchern. Ein paar Hochhäuser, ein paar Strassen, ein paar alte Steine, ein Kolosseum, einen Staatspräsidenten und Carabinieri.

Kurz vor meiner Abreise war John F. Kennedy erschossen worden. Er wurde in allen Wohnungen ausgestellt mit «Saluti dagli Stati Uniti» oder «Viva la pace», ein neuer Heiliger. Jackie sah aus wie die Dolorosa im Fernseher meines Grossvaters mütterlicherseits, der als erster in Santa Sofia einen solchen Apparat besass, wo in häufigen Wiederholungen der Mord an Kennedy zu sehen war.
Kurz nach meiner Abreise starb der Grossvater väterlicherseits.
Ich steige kurz aus, sage ich dem Vater, bevor der Zug auf dem Bahnhof Roma Termini hält. Geh nicht zu weit, pass auf dein Geld auf, lass dich auf keine Spiele ein.
Ich mache nur zwei drei Schritte, denke ich mir, verzichte dann aber auf den Satz und sage ja.
Das Kind kehrt in die Erinnerung zurück. Es hört seine Mutter schreien, es hört seinen Vater schreien. Sie tragen Koffer, sie tragen Kartonschachteln, sie tragen Fässer mit Öl, Fässer mit Wein. Das Kind bleibt stehen. Wir müssen umsteigen, sagen sie. Das Kind trägt die Züge. Sie fahren in ihm, sie halten nicht mehr an. Das ist sein Italien. Das ist mein Italien. Ich halte nicht mehr an. Eine Berührung bringt mich in die Menschenmenge zurück, in die Ansage, in die Durchmischung, in die

Durchkreuzung von Geschichten, Biographien, Menschen, die aus-, ein- und umsteigen.
Das Kind ist verschwunden, ich spüre noch seine Wärme an meiner Hand.
Meine Augen ruhen sich auf einer Hand aus, die ein Buch hält.
Conversazione in Sicilia.
Un gran lombardo, flüstere ich und schaue zu einem schönen, grossgewachsenen Mann hinauf. Auch ich leide für die Welt und nicht für mich, sagt der Mann mit dem Buch, lächelt und geht. Ich sehe zwei dunkle Gestalten in Uniform auf ihn warten, sich um seine Arme klammern und mit ihm wegmarschieren. Sein Buch fällt zu Boden, ich renne hin, auf dem Boden ist nichts zu sehen, nichts zu finden.

Ankommen

Napoli.
Die Sonne steht auf ein Uhr und verbrennt die Züge.
Ein Mann schreit.
Vico è l'unico filosofo!
Er steht auf einem Buch. Seine Schuhe liegen ordentlich daneben. Er steht auf den Zehenspitzen, dann lässt er sich auf die Fersen fallen, um wieder auf die Zehenspitzen zu stehen.
Ich schaue ihm zu. Ich sehe ihn. Ich sehe den Titel des Buches.
«Über Gewissheit».
Sichere und unsichere Erinnerung. Wäre die sichere Erinnerung nicht im allgemeinen zuverlässig, dann würde der Ausdruck der Sicherheit und Unsicherheit nicht seine gegenwärtige Funktion in der Sprache haben, sagt Wittgenstein.
Das Buch ist blau.
Es ist sehr heiss. Die Kleider kleben an meinem Körper.
Sich zurückziehen, die Welt auf den Umfang des Schreibtisches reduzieren, Werke erschaffen. Vico, schreie ich. Der Mann erschrickt, bleibt einen Augenblick regungslos, zieht dann die Schuhe an und geht.

Über Gewissheit.
Das Buch liegt am Boden.
Schweig, sagt mein Vater, Napoli ist gefährlich.

An der Küste sind Geistersiedlungen entstanden. Im Sommer gefüllt mit menschlichem Fleisch. Für die Napolitanerin: Füsse, Beine, Brüste, Penisse, Hoden.
Hat sich verändert, sage ich.
Ist modern geworden, sagt mein Vater, ich werde mich kaum langweilen.
Ich stelle ihn mir in einer Discothek vor, unter Palmen, dazu Lichter, Tausende von Watt, Musik, Techno, Rap, Calabrian Hardrock. Er schaut den jungen Körpern zu, notiert ihre Bewegungen, beobachtet die Hüften, die Gesässe, die Berührungen. Er denkt an Twist, an Mazurka, an Tango, mit IHR, an das Auswandern nach Argentinien.
Ich war schon lange nicht mehr in einer Tanzbar gewesen. Paradosso, Wasserwerk, Kreissaal. Als wäre ich aus der Welt geschnitten worden. Abtreibung. Als hätte ich alles vergessen. Nie getrunken, nie gelesen, nie geliebt. Nur ab und zu die Stimme von Irene, die mich in die Ohren küsste, gibt-es-dich-noch fragte. Es gab mich noch, ich war aus der Umlaufbahn geraten, aber es-gab-mich, nahm ich an.

Irene erzählte mir von draussen, was die Freunde machten, welcher Film, welches Theaterstück, welches Buch gelesen werden musste, dass sie mich noch liebte, dass ich zum Liebkind geworden sei, das sich zu den Eltern zurückgezogen habe, weil sie mit dem Tod nicht zurechtkamen, dass meine Kirche nicht in der Mitte des Dorfes sei, dass mein Analytiker es auch schon gesagt habe.
Was schreibst du da, fragt der Vater.
· Erinnerungen.
· Schade, dass ich nicht schreiben kann.
· Du durftest nur zwei Jahre in die Schule.
· Ich würde über diese Rückfahrt schreiben.
· Über diese Rückfahrt?
· Wie das so geht, dass man zu zweit geht, in eine grosse Welt, und zu zweit zurückkommt, aber der eine ist nicht mehr, ist irgendwo, in einer Holzkiste, in der Luft.
Sein Gesicht verdunkelt sich, um den Gedanken zu unterstreichen. Es nimmt die Farbe der Hügel an, seine Augen sind Olivenhaine, schauen auf das silberne Meer.
Schreib du doch darüber, sagt er fast befehlend.
Ich? sage ich.
Ja du, aber lüg nicht wieder soviel wie in den beiden ersten Büchern.
· Du hast sie nicht gelesen.

· Spielt keine Rolle, du hast gelogen, du hast erfunden, nur die Wahrheit zählt.
· Ich liebe die Lügen.
Von ihrem Abteil winkt die Napolitanerin zu mir herüber. Vater fällt wieder in sich zusammen und schweigt.

Für die Napolitanerin

Durch das Zimmer tastete die Sonne sich, er, der Schreiber*, hatte noch nie ein Buch geschrieben. Gedanken nur, Stile nur, alles im Kopf, nie auf Papier. Ganze Bücher im Kopf. Der Schreiber schrieb sich auch die Kritiken im Kopf.

Man nannte ihn den Schreiber, weil er sich selber solch einen Namen gegeben hatte. Er war klein, grau das Haar, grau die Augen.

Vielleicht aber war das die Wahrheit nicht, der Schein nur, den er sich gab. Papier und Köpfe sind geduldig, sagte er.

Der Schreiber gab auch die Preise sich. Dir, Schreiber, danken wir, dass du lesbar die Welt uns machst. Ganz gerührt gab er sich und nahm den Preis.

Als zum ersten Mal diese Welt ich sah, kannte ich dich noch nicht. Schnee bedeckte alles, und ich verstand kein Wort. Nix sehen, nix verstehen, wie du sagtest. Von den Frauen in-

* Vom Schreiber habe ich im Estrich Photokopien gefunden, die einem gewissen B. gehörten, der mit meinem Vater in der Mühle gearbeitet hatte. Diese trugen den etwas seltsamen Titel «Können Schafe lachen?» und bestanden im übrigen aus photokopiertem Weiss. Daraus entstand später mein zweites Buch.

teressierten nur die Dicken mich. Bei ihnen vermutete ich Platz für all meine Ängste. Meine Nachbarin, gross und hügelig wie das ganze Tal, sie war etwas für mich, Schreiber und Bauarbeiter. Stein auf Stein, Mauern überall, die holzige Einsamkeit der Nacht, Inhalt eines Lebens, dazwischen flüchtige Berührungen als Attentat auf das Alleinsein.

Dies war des Schreibers Rede zu seinem Preis.

Nun lag er da. Die Welt war nicht besser geworden. Die Wirtschaft schwankte, die Wälder starben, der Regen war sauer, der Schnee auch, Waffen wurden gebaut und geschoben, Kinder auch. Trotzdem schrieb es dem Schreiber.

Manchmal schämte er sich und schrieb, andere haben schon besser vielleicht alles gesagt. Nur im Kopf. Immer schrieb er, lebte er und erlebte er nur schreibend. Geschah etwas auf der Welt, war der Roman schon da, die Kritiken auch.

Sein Haus lag schön an der Sonne auf einem Hügel. Wälder, Felder, Wiesen, Hasen, Rehe, Bauern. Nur die Kneipe fehlte ihm.

Er blieb kritisch, trotz der ländlichen Idylle. Er litt. Er litt viel. Auch glücklich war er unglücklich. Übertreibung, wusste er, ist die Kunst.

Der Schreiber lag an der Sonne auf dem nackten Boden, neben ihm sein Hund.

Wenn er ins Dorf oder in die Stadt ging, erkannte er sich, grüsste er sich, gratulierte er

sich zu seinem letzten Roman. Er war bei sich beliebt. Er traf den Geschmack der Zeit.
Der Schreiber lag an der Sonne auf dem Boden, neben ihm sein Hund.
Die Welt muss verändert werden, schrieb er. Manchmal hatte er eine Krise, nichts wollte mehr gehen, dann ging er ins Dorf in eine Kneipe und schrieb sich eine Alkoholkur zu. Es geschah, dass er in der Kneipe tobte, schrie, sich prügelte, sich die Kleider vom Leibe riss. Im Kopf, wenn er still vor seiner Weinflasche sass.
Der Schreiber hatte sein Tal noch nie verlassen, war aber schon überall gewesen. Held in Nicaragua, Held im Golfkrieg, Opfer von Tschernobyl, Opfer in Bosnien, Fisch im Rhein, Augenzeuge der Wiedervereinigung Deutschlands, Freund von Corazon Aquino, Andreotti, Di Pietro, Ganges, Lourdes, Kilimandscharo.
Der Schreiber liebte eine Frau. Sie wusste es nicht. Seine Bücher waren ihr gewidmet.
Als damals ich dich traf, dachte ich, für kurz nur. Nun bin ich da, geblieben, gefesselt, stillgestanden, schrieb der Schreiber, der nie geschrieben, der Frau, der er nie geschrieben.

Diesmal der Blamage zuvorkommen, denkt er und zerknüllt die Geschichte, bevor er diese der Napolitanerin, die ihn lieb anlächelt, übergibt.

Endlich, sagt sie und streichelt mit ihrer Hand sanft über die Blätter, dann nimmt sie eine Schere und schneidet kleinste Teile, die ihr Hahn, der aus der Handtasche gestiegen ist, erregt auffrisst.
Er mag Geschichten über meine Freunde, erklärt sie, so fühlt er sich mir näher.

Ankommen

Taranto
Metaponto
Rocca Imperiale
Amendolara
Torre Cerchiara
Sibari
Diese Namen bedeuteten dem Knaben Geschichten aus Tausend und einer Nacht. Sie entfesselten Vorstellungen. Riesige Entfernungen, Reichtum, Heldentum, Sünde. Sie verkürzten ihm die Zeiten zwischen wachen und schlafen.
Und jetzt sind es überflüssige Bahnhöfe, welche die Reise unnötig verlängern; Haltestellen, die bald einmal im Sand ersticken werden.
· Sibari war der Bahnhof, als mein Vater ging.
· Sibari war der Bahnhof, als meine Mutter ging.
Ein schreckliches Kaff, gebaut ohne Idee, ohne Ziel, neben einem Bahnhof, neben einer Strasse, überall dort, wo Land verkauft wurde. Ein Kaff ohne Saft.
Hätte es hier nie eine griechische Stadt gegeben, würde dieser Name nur Malariaschübe hervorrufen.

Am Bahnhof steht Mario Fortunato und liest laut aus seinen Luoghi naturali, hinter ihm mein Bruder, der König der Tomaten.
Ein Händedruck, ein Kuss, dann Schweigen. Könige sprechen nicht viel.
Die Sprache des Bruders verlernt.

· Sie hat uns verlassen.
· Sie wollte dich noch sehen.
· Hat viel von dir gesprochen.
· Die Tomaten, hat sie gesagt.

Ich weiss nicht mehr, ob dieses Gespräch wirklich stattgefunden hat. Ich weiss nicht mehr, wer gesprochen hätte, wer hätte sprechen sollen. Mario Fortunato ist in einen Zug gestiegen, nehme ich an. Sein Buch hat er einem jungen Teppichhändler aus Marokko geschenkt. Übrig bleiben wir drei.
Ich sehe, wie der Rücken meines Bruders den ganzen Vater verdeckt und wie beide als ein Ausläufer der Apenninen erscheinen.
Wind bläst über die Schienen, nimmt einige Plastiksäcke mit, dann gibt er auf und lässt sie liegen. Vater und Bruder sind unbeweglich, erstarrt, Salzsäulen.
Der Marokkaner blättert und liest, blättert und liest, che bel libro, sagt er, che bel libro, come un tappeto.
Im Auto meines Bruders sitzt ein Hahn.

Was soll das, frage ich.
· Eine Frau hat ihn mir gegeben, es sei ein Geschenk für dich, hat sie gesagt.
· Die Napolitanerin?
· Ich weiss nicht, es war eine Frau, die ich noch nie gesehen habe.
Der Hahn sieht mich, kräht, dann setzt er sich neben mich.
Ich hasse Hühner, sage ich. Der Hahn pickt mich in die Finger. Vater lacht. Ich sehe, wie seine Zähne fallen, Teile einer mechanischen Vater-Sohn-Beziehung. Er ist überrascht. Mein schlechtes Gewissen lässt mich den Fehler zugeben. Alles soll wieder rückgängig gemacht werden.
Vater lacht. Er hat noch alle Zähne. Wir fahren los. Der Hahn legt den Kopf auf meine Oberschenkel.

Santa Sofia d'Epiro. Das Auto des Bruders hält an. Der Hahn steigt aus und geht in die Bar. Ich erblicke den Ellbogen der Napolitanerin. Auf der Piazza sind einige Männer wie überall in den Dörfern in Kalabrien. Man sieht ihnen die Minderheit nicht an. Nichts lässt auf italoalbanisch schliessen, nicht einmal der schlechte Zustand des Asphalts. Dann aber die Sprache, sie ist ihre Andersartigkeit. Vielleicht auch die Ikonen in der Kirche, die ein Maler aus

Kreta gemalt hat.
Sophia, Athanasios, Demetrios. Heilige, die Vorfahren auf ihren Booten beim Überqueren der Adria mitgenommen haben.

Ein leises Summen, die Tür geht auf, automatisch neuerdings.
Onkel Mario, ein ernsthafter Blickwechsel. Vater scheint den Körper zu verlieren. Ob er sich daran erinnert, wie er sie vor Jahren aus diesem Haus geholt hat, abgemagert, auf ihrer Haut blühten blaue Flecken, Hochzeitsblumen. Onkel Mario steht an der Türe und versucht ihn zu umarmen. Vater weicht zurück. Aus dem Haus zischt die Asthmapistole der Grossmutter. Onkel Mario stammelt Trauer.
Sind sie endlich da, fragt Grossmutters Stimme, dann wieder ein Zischen, ein langes Zischen. Die Räume sind dunkel, Lichtstrahlen beleuchten wahllos gewisse Teile: Ein Stück Steinboden, eine Photographie des jungen Urgrossvaters in der Uniform des ersten Weltkrieges, den Fuss eines Stuhles. Aus der Küche ertönt das Zirpen des neuen Kühlschrankes.
Sie sind da, sagt Onkel Mario. Kaum hat er das gesagt, bricht die Grossmutter in ein ohrenbetäubendes Wehklagen aus. Ich stelle mir vor, wie sie mit aller Kraft an ihren Haaren reisst.

Vater verschwindet unter dem Teppich. Ich denke mich weg, an das plötzliche Auftauchen der Alpen auf der Autobahn von Bern nach Thun.
Das Wehklagen bricht ab.
Das Zirpen des Kühlschrankes, das hektische Atmen, die Stimme des Grossvaters. Seit Monaten ist er Geist und spricht unaufhörlich mit seiner Frau, die im Bett liegt, umgeben von übergrossen, neuantiken Möbeln und elektrischen Kerzen bei den Photographien der Toten.
Das Zischen der Asthmapistole.
Kommt herein, lasst euch nicht von seiner Stimme beirren. Er hat nur an das Geld gedacht, sogar als der Tod ihm die Zunge schwer machte, Rosì, mein Geld, was wird aus meinem Geld. Wie war die Reise?
Ich küsse meine Grossmutter und bemerke, dass sie klein geworden ist, ein altes Kind in einem riesigen Bett. Vom Fenster her trägt das Licht den Basilikumgeruch herein.
Ich habe alles organisieren lassen. Dritter Stock. Sie wird Sicht aufs Meer haben. Ja, sie sieht das Meer von dort aus, meine erste Tochter.
Die Stimme der Grossmutter ist stark und laut, als würde sie nicht zu ihrem zusammengeschrumpften Körper gehören. Vater fällt auf den Stuhl neben dem Bett. Die Reise, sagt er.

Die schweren Schritte von Onkel Mario tragen den Wein in die Stube. Bald wird Mastro Lino kommen. Cosimo und Maria kommen. Sie weinen, als ich sie anschaue. Händedruck, gute Reise gehabt, ein Glas Wein, dann gehen sie wieder.
Sie sollte heute abend ankommen, sagt mein Vater. Sein Satz fällt in meine Erinnerung, ich rieche seine Jugend, die starke Hand, die mich hält, den Lack seiner weissen Schuhe, die ihn schön machten.
Währenddessen hat sich die Stube gefüllt. Stimmen. Alles Verwandte. Die obligatorischen Erinnerungen.
Eine gute Frau, sie hat sich aufgeopfert, ein Leben lang gearbeitet, zur Familie geschaut, wenn man denkt, wie ihr Vater sie als Kind geplagt hat.
Mein Geld, die wollen mein Geld, sagt die Stimme des Grossvaters.
Nicht einmal als Toter kann er schweigen, meint Maria Giuseppa, die Würste mitgebracht hat.
Sie essen. Sie trinken.
Grossonkel Augusto spricht über die Opfer des Proletariats, über die schmutzigen Hände des Sindaco, über Tangenti. Onkel Mario schüttet ihm Wein über die Haare, er arbeitet bei der Guardia municipale.

Als Mastro Lino eintritt, flüchten die Wörter in die Stille der Körper zurück.
Wo ist er?
Alle zeigen auf das Zimmer der Grossmutter.
Ich stelle mir vor, dass Vater vom Stuhl gefallen ist.
Der Flughafen ist abgeriegelt, sagt Mastro Lino, nachdem er höflich gegrüsst hat, zogna Rosì, shoku Ndò, der Präsident der Republik wird dort landen, ich kann nichts machen, aber sonst ist alles vorbereitet. Hast du die Trauerplakate schon gesehen, shoku Ndò?
Vater sagt nichts. Mastro Lino setzt sich.
Die Wörter kehren in die Stube zurück, die Weingläser werden wieder gefüllt.
Die Musik wird spielen, das ganze Dorf wird dabeisein, sagt Grossonkel Augusto.
Ob der Präsident sie wohl sehen werde, will Maria Giuseppa wissen.
Sie bekommt einen Orden, scherzt Mario.
Maria Giuseppa bekreuzigt sich und spielt mit dem Rosenkranz. Vater fällt.
Mastro Lino bringt ihm Wasser. Die Blumen, sagt er, ich habe die schönsten ausgesucht, holländische Blumen.
Holland ist weit weg, sagt die Grossmutter.
Ich rieche den Vater. Als Kind liebte ich den Geruch der Männer. Er gab mir die Sicherheit, das Gefühl, die ganze Welt werde sich

um mich kümmern. Ich trinke hastig noch ein Glas Wein. Nicht zuviel, sagt Maria Giuseppa, der geht in den Kopf. Lass ihn, meint Grossonkel Augusto.
Wir können nur warten, sagt Mastro Lino zu Vater, der «warten» wiederholt und irgendwohin schaut.
Ich weiss nicht, was mein Vater sieht, ich habe ihn verloren, wir haben nicht dieselbe Reise gemacht.
Ein Fluch auf unserem Geschlecht, sagt die Grossmutter vom Bett aus, zuerst er – sie zeigt auf das Photo des Grossvaters –, dann sie – sie zeigt auf das Photo der Mutter –, dann ich.
Die Leute schweigen, lassen dann die Gläser auf den Tisch fallen, bekreuzigen sich, sogar Grossonkel Augusto.
Ich wurde von der Schlange gebissen, fährt Grossmutter fort. Ihre Stimme kommt aus dem dunklen Zimmer wie ein giftiger Rauch. Die Leute bekreuzigen sich wieder.
Ich weiss, wer uns verflucht hat, ich weiss, schreit sie, wieder zischt die Asthmapistole.
Die Stimmen der Geister, sagen die Leute und essen wieder von den Würsten der Maria Giuseppa.
Sie ist angekommen, hat jemand gesagt, muss jemand gesagt haben. Wir gehen alle auf den Platz. Der schwarze Mercedes steht vor dem

geöffneten Kirchentor. Kreuze auf Glas, Kerzen auf dem Dach, Leuchten in der Nacht.
Um diese Zeit ist die Piazza leer. Die Alten, die sonst hier sitzen, versuchen, in den Schlaf zu wandern.
Sie ist nie geflogen, ist nie Mercedes gefahren, wenigstens der Tod gibt ihr die nötige Wichtigkeit, sagt Grossonkel Augusto.
Im Kirchenraum vor dem Aufgang zum Altar liegt sie – von den Ikonen beschützt – in einfachem Holz mit Staatssiegeln.
Ich frage mich, ob sie wirklich da ist. Auf den Siegeln steht Kanton Bern. Ich werde es nie wissen, eine Verwechslung vielleicht.
Vater weint und versucht, seine Nägel in das Holz zu bohren. Die Hand des Priesters ruht auf ihm. Der Tod trifft uns wie ein Geschoss aus fremder Hand, ich verstehe Ihre Trauer, glauben Sie mir. Ob Vater zuhört, weiss ich nicht.

Ich will hinein, öffnet, schrie der Teufel – in jenem Jahr spielte ihn Mario Lino – und schlug wild auf die riesige Holztüre der Kirche Shen Thanasi. Wer ist da, fragte eine Kinderstimme aus dem Bauch der Kirche.
· Der Teufel.
· Was willst du.
· Eintreten.
· Für dich gibt es hier keinen Durchgang.

Lass mich rein, schrie Mario Lino, der Teufel von Santa Sofia. Ich hielt mich fest an ihrer Hand, hatte Angst, wusste aber, dass ich später als Erwachsener, auch den Teufel spielen möchte. Plötzlich öffnete sich die Türe, die Dorfmusik begann sehr laut zu spielen.
Weiche, Satanas! schrie der Priester. Oh, dieses Licht, ich bin geblendet, stöhnte der Teufel und verschwand in den Gassen. Wir begleiteten den Gekreuzigten durch das ganze Dorf. Die alten Frauen weinten und klagten, da wusste ich, dass ich Jesus spielen möchte, später.
Der Priester segnet mit einigen Tropfen Wasser das Holz. Ob sie das spürt?
Grossonkel Augusto stützt den Vater in die Nacht hinaus. Niemand ist zu sehen, nicht einmal die Hunde. Wir sind eine kleine Prozession. Vater, Grossonkel Augusto, Maria Giuseppa, Onkel Mario und ich. Die Grossmutter muss wohl eingeschlafen sein. Sie wird ihre erste Tochter nicht begleiten können. Das Schild von Nicolas Bar leuchtet auf unsere Gesichter.

Ob die Mutter in der Kirche gut schlafen kann? Wäre ich das Kind von damals, würde ich glauben, dass die Heiligen sich um sie kümmerten, dass sie mit ihr sprächen.

· Wie war dein Flug?
· Ich hatte Angst beim Fliegen.
· Möchtest du etwas trinken?
· Du kannst dich freuen, morgen wird die Kirche voll sein.
· Du warst so lange weg, im Ausland, was hast du da gemacht?
Fabrik, ah, ich verstehe.
Im Dorf gibt es noch keine Fabrik.
Vater legt sich schlafen. Maria Giuseppa will die Totenwache halten. Sie nimmt ein Photo von ihr, das sie zwischen den vielen Kleidungsstücken der albanischen Totentracht, aus ihrem grossen Busen zaubert, und zündet eine Kerze an. Eine schöne Frau war sie, sagt sie.
Ich begleite Grossonkel Augusto hinaus.
· Weisst du noch, als du weggingst, hatte ich einen Esel, jetzt habe ich ein Auto, der Stall ist eine Garage. Das ist Fortschritt.
Er streckt seine linke Faust in die Höhe, den Sternen entgegen und lacht wie auf einem alten kommunistischen Plakat.

Die Nacht ist sanft. Ich gehe wieder auf den Platz, bleibe vor dem Kirchentor stehen. Vor dreissig Jahren bin ich hier mit ihr in den Bus gestiegen. Ich wollte nicht weg. Dort sei alles besser, hatte sie gesagt.

Das Dorf gibt mir eine entfernte Wärme, jetzt. Ob sie wohl die Heimat wiederfindet, mit Sicht aufs Meer.
Frangù, Frangù, ruft die Stimme eines alten Mannes, Frangù, was hast du da am Knie?
· Oh, ich weiss nicht, ich war im Wald.
· Du solltest nicht in den Wald, du bist zu jung, du trägst kurze Hosen. Komm, ich will dich heilen.
Ich schaue den Alten verblüfft an, gehe zu ihm, strecke meine Hand aus, versuche ihn zu berühren, er verschwindet. Ich gehe einige Schritte, dann höre ich wieder dieses Frangù und sehe, dass der alte Mann vor dem Kirchentor steht. Ich drehe mich ihm zu, er solle mich in Ruhe lassen.
· Hast du Angst, lächelt er.
Ich lasse ihn sitzen. Ohne zu wollen, befinde ich mich auf dem Weg zum Friedhof. Als Kind war ich häufig da mit der Grossmutter, die ihre Wäsche zum Fluss brachte.
· Frangù, wo gehst du hin?
· Ich gehe zum Fluss.
· Was willst du dort?
· Grossmutter beim Waschen helfen.
Ich wollte ein grosser Jäger werden damals, für die ganze Familie das Essen besorgen, aber im Dorf hatte es nichts, nicht einmal wilde Tiere.

· Frangù, wo gehst du hin?
Der alte Mann sitzt vor mir und spielt mit den Steinen. In jenem Dorf, sagt er, ist niemand mehr, alles umgegraben, deine Schwester, dein Bruder, deine Mutter. Er wirft mit den Steinen nach mir. Gehe weg von hier! Er wirft grosse Steine. Ich flüchte und finde mich wieder vor dem Kirchentor, ausser Atem.
Ich begreife sie nicht mehr, diese Häuser, die der schwachen Beleuchtung der Strassenlampen trotzen. Ihre Gesichter sind verschlossen, nicht einmal die Kindheit hilft. Ich spüre eine Hand, die mir übers Haar streichelt, vor mir steht die Napolitanerin. Geh zu Bett, sagt sie, du wirst morgen tragen müssen. Der Hahn begleitet mich nach Hause.

Das langsame Bazubarabazum der Dorfmusik. Wir tragen den Sarg nach altem Brauch auf den Schultern. Sie hat sie sich gewünscht, diese letzte Möglichkeit, das Gewicht ihres Lebens den Übriggebliebenen noch einmal zu beweisen.
Onkel Augusto schwitzt.
Vater zittert in den Knien.
Der Hahn hat sich auf meine Schulter gesetzt und lässt sich nicht wegjagen. Mir ist die Geschichte verschwunden. Das Gefühl, der eigene Schatten werde von all den Füssen erdrückt, die um ihr Leben klagen.

Oi, oi, oi, po, po, po. Ich stürze mich in die deutsche Sprache, verstehe nichts mehr, niemanden mehr.
Der Friedhof ist eine Baustelle. Libanon, sagt eine Stimme. Sarajevo, eine andere. Wir legen den Sarg auf die Blumen von Mastro Lino, dann eilen die Hände auf uns zu. Schwitzende, unsichere, falsche, erdrückende, ehrliche, arbeitsame, ungewaschene, kitzelnde Hände.
Die Umarmungen. Die Tränen.
Die Napolitanerin, die uns küsst.
Plötzlich sind alle verschwunden, es ist heiss, die Sonne bewegt sich nicht mehr, die Blumen kochen unter dem Sarg, die Stille, eine unendliche Stille, bis Vater hinausrennt, schreit und fällt. Er bedeckt sich mit Staub.
Es gibt nichts mehr zu berichten.
Auf Marmor steht: «Ich möchte im Meer einschlafen. Neben meinem Leben». Die Begegnungen haben stattgefunden, das Dorf ist eine andere Welt, eine heimatliche Fremde.

«Der Bus steht da, der Motor läuft.»
Er zitiert sich selbst, wird zu seiner eigenen Wiederholung.
Die paar Alten auf der Piazza sind geblieben, als gehörten sie zum Inventar einer jeden Abreise, der Bus ist ein bisschen neuer, die Dieselabgase atmet er nicht mehr mit der gleich

grossen Erregung des Kindes ein, die Hände des Vaters sind nicht mehr so gross, es ist kein Grossvater mehr da, der weinen könnte.
Er ist gefühllos geworden, seine Gefühllosigkeit hat sich in eine übertriebene Sentimentalität verwandelt.
Der Bus fährt weg. Er und sein Vater sitzen zuhinterst und schauen zurück, wortlos. SIE und das Dorf können sie nicht mitnehmen.
Auf einer Vespa entdeckt er die Napolitanerin und ihren Hahn, er kurbelt das Fenster runter. Wir wollten uns verabschieden, schreit sie, während ihr Hahn eifrig nickt, dann überholt sie den Bus und verschwindet in den Kurven.
Er möchte sie küssen.

Das Wasser ist kalt. Vom Meer aus scheint sich die Küste zu krümmen. Er stellt sich eine Schlagzeile vor. «Dreissigjähriger Mann an der Küste von Villapiana Lido ertrunken. Sein Körper ist noch nicht identifiziert worden.»
Dreissigjährig wäre eine Untertreibung, denkt er.
Die wenigen Autos auf der Strasse sehen aus wie Spielzeuge, welche die Krümmung der Küste nachzeichnen. Er schwimmt einige Züge, versucht ruhig zu atmen. Er schaut den Häusern entlang, sie stehen alle ein wenig schief, dann hinauf zu den Sträuchern: Mac-

chia, Steine und Berg unter dem ortsüblichen Azur des Himmels.
SIE hat sich die Wohnung an diesem Ort gekauft, weil der Berg SIE an den Rücken eines Kamels erinnerte. Eines Tages werde ich mit dem Berg wegreiten, sagte SIE.
Wäre er ein Kind, würde er sich fragen, ob sie ihm zuschaut, jetzt, da er so unentschlossen in einer Wiege der europäischen Kultur umherschwimmt.
Wegreiten. Mit dem Berg wegreiten.
Er lässt sich vom Wasser zudecken. Der Berg verschwindet. Über ihm das gebrochene Licht. Er taucht wieder auf. Die Augen brennen. Er versucht sich den Strand im Sommer vorzustellen. Michele, der den Sand kämmt, die Liegestühle bringt, mit seinen schönen Händen die Schirme öffnet. SIE hat sich diese Art von Strand nie geleistet. Ans Meer gehen wurde bei ihr immer zur Expedition. Volle Kühltruhen, Liegestühle, Sonnenschirme durch den Sand tragen. Sparen, immer für die Kinder sparen.
Ein Mann nähert sich seinen Kleidern, die sich von hier aus wie ein undefinierbares Tier ausmachen. Er denkt an die Ausweise, die in den Kleidern sind. Morgen würde er in die Schweiz zurückkehren. Der Ausdruck zurückkehren erstaunt ihn.

Er versucht den Mann zu sich zu holen, wie mit einem Zoom. Die Vergrösserung gelingt ihm nicht.
Wer ist es?
Michele?
Ein Marokkaner?
Die Arme des Mannes zeichnen ein unverständliches Alphabet in die Luft. Er beschliesst zurückzuschwimmen.
Das Wasser spricht ihre Stimme. Letzte Sätze, Worte, Laute, die er wie ein fremder Daktylograph aufnotiert hatte, in ein grosses, blaues Heft, welches zu öffnen er den Mut nicht mehr besitzt.
Meer
Chor der Jünglinge
Die alten Frauen des Meeres
Mutter
Vater
Was habt ihr mir angetan
Die singenden Frauen
Sie rufen
Ich solle gehen
Blau, blau
Das Wort
Ich muss das Wort suchen
Das Wort ist schwer
Dio parla tedesco

Er taucht wieder unter.
Seine Erinnerung in das kalte, salzige Meer einlegen. Das Wasser soll schweigen.
Bewusst ruhig und tief atmend schwimmt er auf den Strand zu. Der Mann ist sein Vater.
Ich habe gekocht, wir werden etwas essen, sagt er und bedeckt ihn mit dem Badtuch, wie früher. Er möchte so verweilen.
Trinken wir etwas, hört er seinen Vater sagen, als sie zusammen durch den Pinienwald gehen. Plastiksäcke, Petflaschen zeichnen ihnen den Weg. Dove ti porta il desiderio.

Wie SIE diesen kleinen, unbeholfenen Mann angeschrien hatte. Deine Schuld, alles deine Schuld. Er hatte sich nicht gewehrt, nicht einmal die Frage, welche Schuld, gestellt, nur ein leises Ja, Ja war von ihm zu hören gewesen.

Die Bar heisst Europa. Er hat das Gefühl, dass sie hier hingestellt wurde, um in dieser Geschichte zu erscheinen. Ein vierstöckiges Haus, ausgebaut ist nur der unterste Teil, darauf türmen sich Betonpfeiler, Treppen, Böden, eine auf der anzunehmenden Wetterseite hingestellte Holzwand, wie von einem Irren mit tausend Nägeln festgenagelt.
Sie treten ins Europa. Das Lokal ist leer. Ein übergrosser Ventilator mixt die Luft. Sand,

Salz und Kaffee. Er lehnt sich an die Theke, bemerkt eine wichtigtuerische Bewegung an sich. Diese Möglichkeit, für eine Sekunde ein Star zu sein, ein Genie, ein grosser Schriftsteller. Keine Angst vor der Sprache. Die schöpferische Männlichkeit eines Beethovens und damit etwas bestellen können. Es kommt niemand. Er legt seinen Arm um den Vater, zieht ihn zu sich, spürt das Schlagen der Halsader, spürt seine Verkrampfungen. Ein Tier vor dem letzten Stoss. Er hatte sich vorgestellt, sich mit ihm auszulöschen, wie ein überflüssiges Wort, ein schlechter Satz. Die Muskeln des Vaters sind angespannt, die Augen unbeweglich darauf konzentriert zu verschwinden.

So muss er gewesen sein, als er sein leises Ja, Ja wiederholend sie wie einen Mehlsack hin- und herdrehte, um sie lebendzurütteln – er, der Müller der lokalen Grossmühle. Aber ihr Körper hatte sich schon in einen unmöglichen Gedanken aufgelöst, der ihr zwischen den Augen, an den Händen, an allen Gliedern diese Unbeschwertheit eines schlafenden Kindes gab. Er wollte sie nicht glauben, diese geheime Botschaft, und rüttelte und rüttelte.

· Desiderano?

Ein Knabe steht hinter der Theke, über ihm entdecken die Augen eine Blondine mit nacktem Busen, Saluti da Villapiana Lido, eine libertine Schwedin auf kalabresisch-katholischem Sand. Der Ausdruck des Knaben ist ernst, wie nach einer sehr grundsätzlichen Frage. Caffé, hört er sich sagen, sein Arm lässt den Vater los und fällt ihm auf den Oberschenkel. Der Vater nickt.

Was könnten sie sich sagen? Mit dem Alltag haben sie auch die Sprache verloren. Die Wiegehts, Daswetteristschön und Hastugenügendgeld haben ihren Sinn verloren. Die Augen des Vaters sind, wie seine möblierte Wohnung, die auf ihre gemeinsame Pensionierung gewartet hat, aus der Umlaufbahn des Sinnes herausgefallen; Meteoriten, die in der Atmosphäre verglühen. Die Napolitanerin würde solche Vergleiche pathetisch und unpassend finden. Sie würde die Geschichte anders erzählen:
Zwei weinerliche Männer sind an der kalabresischen Küste gestrandet, in der Nähe von Sibari, wo früher reiche Griechen wohnten, dann Römer, Normannen, Sarazenen, Spanier mit viel zu grossen Absätzen an den Schuhen, Garibaldi, Mussolini, die Democrazia Cristiana, Fiat, Alfa Sud, cassa del Mezzogiorno, die Lupara, Tangenti und Waldbrände. Dazwischen kamen ihre Vorfahren aus dem albanischen Epiros und versteckten sich in den Bergen.

Er möchte mit seinem Vater reden, sich aussprechen, aber sie hatten seit ihrer ersten Begegnung nicht einmal die häufigsten Wörter der Sprache gebraucht.
Sie sitzen und essen. Er schaut auf die Bewegung der Wäsche vor dem mächtigen Baum, der in seiner Sprache nur Baum ist, keine Linde, keine Eiche.
Der Vater kann nur die Wand anschauen oder die gebratenen Fische im Teller. Sie sind klein, man kann sie ganz schlucken. Sie könnten sich fragen, ob SIE sich wohl fühlt, mit Sicht aufs Meer und auf die Piana di Sibari bei Westwind.
Nein, das Schweigen der Lämmer hatte er nicht geschrieben, das war ein Amerikaner.
Der Vater bleibt sitzen.
Wird er hier leben können?

Sich verlassen, als wäre es für immer. Grobkörniges Schauen. Den andern auflösen bis zur Idee seiner selbst.
Ich packe meinen Koffer – eines der hundert Wörter, die wir gut beherrschen. Vater sitzt am Tisch, oder ist in der Küche, oder steht am Fenster. Ich möchte mich in einem riesigen Redeschwall verlieren. Postmoderne Sprachgewalt, Durchmischung von Fahrplänen und Weltgeschichte.

Kuno Räber steht im Türrahmen, setzt sich an den Bettrand. Er liest in seinem Buch Calabria.

· Habe ich sehr gemocht. Hat mich an meine Heimat erinnert. Wie müsste der Witz, die Ironie an der Spitze des italienischen Stiefels aussehen. Das Material ist schlecht, undicht. Die Füsse werden nass im Regen.

Kuno Räber sagt nichts. Aus der Schublade des Nachttisches nimmt er eine Photographie meiner toten Schwester hervor, schaut lange auf den offenen Sarg mit dem brotgrossen Mädchen, das so angezogen ist, als müsse es zur Taufe gehen.

· Der Sonnenuntergang sei in dieser Gegend wie eine tägliche Tragödie, sagen Sie. Vielleicht hat dies Pythagoras dazu bewogen, mit Crotone gegen Sibari in den Krieg zu ziehen.

Mein versuchter Redeschwall misslingt. Kuno Räber steht auf, lässt die Türe ins Schloss fallen und verschwindet.

Ich werde meinen Vater hier zurücklassen. Das Land übt die Erneuerung. Die alten Politiker haben sich in ihre Villen zurückgezogen und leben vom gestohlenen Geld. Letzte römische Kaiser.

Und die Schweiz, diese andere Heimat, tanzt ruhig im Dreivierteltakt, der Glaube ungebro-

chen, nur die Schritte sind unsicher geworden. Sie könnte stolpern.
Auf der Türschwelle steht mein Vater.
· Hast du genügend Geld?
Ich nicke und schliesse seine Lieblingsfrage in meinen Koffer.

Sibari.
Eine warme Nacht. Im Bahnhof sind wenige Leute, ein ungewohntes Bild. Salzige Windstösse vom Meer her wirbeln Sand auf und Papier. Ist da was zu finden? Ein Carabiniere pfeift auf dem Bahnsteig die Zeit tot. Wir sprechen kein Wort.
Der Zug nach Milano Centrale. Vater weicht zurück, sein Gesicht wird im Rhythmus des vorbeifahrenden Lichts der Fenster erleuchtet. Ein Film des Neorealismo.
Ich gebe ihm die Hand, möchte vielleicht hier bleiben, bei ihm.
Rri mirë, sage ich.
Mirupafshim, sagt er.

Pressestimmen zu

«Ich weiss nur, dass mein Vater grosse Hände hat»

«Die Erinnerung an diese schmerzhafte Übersiedlung hat der Autor aus der kindlichen Sicht festgehalten und poetisch verfremdet, in sparsamen, kleinen Textausschnitten, die nicht nur den Grenzgang zwischen Sprachen und Kulturen schildern, sondern auch den zwischen den Gattungen üben: als Gedichte in Prosa.» *Paola Barbon*

«Francesco Micielis ‹Tagebuch eines Kindes› ist kein Roman, keine Erzählung im üblichen Sinne. Walter Vogt nennt die in einer eigenwilligen, knappen Form gehaltenen Verse ‹Gedichte in Prosa›. Durch die spezielle Sprache bleibt die Essenz des Erzählten nicht im Persönlichen haften.
In Micielis Erinnerungen liegt einerseits eine kritische Betrachtung einer durch religiöse und wirtschaftliche Zwänge geprägten Gesellschaft, und zudem spiegeln sie oft in erschütternder Weise die Leiden der Fremdarbeiterkinder wider. Andererseits sind Micielis Gedanken sehr symbolhaft und rütteln an den Wurzeln des Seins … Trauer und Schmerz, Freude und Lachen werden durch diese eindrucksvollen, in betörender Einfachheite gehaltenen Worte entfacht.»

Liselotte Pulver, Berner Tagwacht

«Es ist diese lapidare Kürze, diese Selbstverständlichkeit des Ausdrucks, die noch immer eine Überraschung bereithält, die diesen Texten ihre Unverwechselbarkeit und ihre Intensität verleiht. Da schaut ein Erwachsener mit den Augen eines Kindes auf eine längst verlorene Welt, und die Welt beginnt noch einmal zu leben.»

Klara Obermüller, Weltwoche

Pressestimmen zu
«Das Lachen der Schafe»

«Ist es für den Leser nötig und sinnvoll, zu wissen oder zu ahnen, dass Caterina, die kleingewachsene Italienerin mit den wassergefüllten Beinen, die ausgerechnet in Lützelflüh arbeitet (‹Ich arme Kirchenmaus packe Käse ein›), dass sie – die unbestrittende ‹Heldin› des Buches, die Sprecherin, Erzählerin – die Mutter des Autors ist, oder könnte sie irgendeine Frau sein? Gleichviel: Micieli ist eine Figur gelungen, die man, kaum hat man sie kennengelernt, in unserer literarischen Landschaft nicht mehr missen möchte.
Sie ist zunächst, und vielleicht für immer, die Tochter eines Padre Padrone, eines Mannes, der in aller Armut immer ein Patriarch ist, ein Tyrann, der die eigene Frau vielleicht liebt, sicher verachtet, die Tochter schlägt und schreckt. Diese Tochter, die dem ‹schrecklich mächtigen Heiligen› auch aus der Fremde immer noch Opfer bringt und ihm ein Leben lang beweisen will, dass sie es zu etwas gebracht hat, sie und Tonio, der lächelnde, freundliche Mann, der sie einmal entführte, aber nicht stolz zu Pferde, sondern zu Fuss. Geschichten: nicht die romantischen, grossen von früher, auch nicht deren mediengerechte Variante, sondern die kleinen Geschichten von heute, die tragisch und komisch zugleich sind und die nicht einfach das Leben schrieb, sondern die Armut, die Emigration, die Sehnsucht. Von einem Mann, der heimkehrt und zwar seine Frau vorfindet, und nicht etwa in den Armen eines anderen (die alte Trivialtragödie!) – dafür die Kinder nicht mehr; sie sind gestorben.

Elsbeth Pulver, NZZ

Pressestimmen zu
«Meine italienische Reise»

«Kann man Heimatverlust eindringlicher beschreiben? Francesco Micieli genügen wenige Druckseiten, um ein inneres und ein äusseres, bipolares Universum abzustecken. Die Strecke, die man zurücklegen muss, um vom einen Ende ans andere zu gelangen, ist weit. Er bestückt sie raffiniert mit literarischen Zutaten, rollt gleichsam den Süden gegen den Norden auf und nimmt den eigenen Seelenzustand in den Befund auf.» *Gertrud Raeber*

«Die Fahrt nach Kalabrien schafft keine Nähe zwischen Vater und Sohn. Der Sohn fällt in Träume, die Erinnerungen an die Mutter, an die Kindheit und ihr Ende mit der Reise in die Schweiz, nach Lützelflüh, das Aufschimmern des eigenen Erwachsenwerdens überlagern sich mit Wunschvorstellungen, mit Bildern von andern Emigranten, die auf grossen Schiffen von Albanien kommen, mit Phantasien. Francesco Micieli legt mit diesem konzisen Prosatext eine bei aller Wortknappheit vielstimmige Partitur vor. Fremdheit ist darin das bestimmende Gefühl, doch formt sich unter dieser Fremdheit das Eigene, das sich löst vom Herkommen, das Erfahrenes zu verwandeln vermag. Ganz unsentimental und doch bewegend ist die Reise nach Santa Sofia d'Epiro, Micielis Geburtsort in Kalabrien, in diesen Sätzen notiert. Das Begräbnis beleuchten nur knappe Schlaglichter, kaum Sätze, nur Wörter. Und wieder ein Bild des stürzenden Vaters, der schon bei der Einfahrt des Zuges vor der Reise auf dem Bahnsteig hinfällt. Die Rückreise machen Vater und Sohn nur ein Stück weit gemeinsam. Der Vater bleibt am Meer. ‹Sich verlassen, als wäre es für immer. Grobkörniges Schauen. Den andern auflösen bis zur Idee seiner selbst.› Die letzten Worte stehen in einer fremden Sprache, eine winzige Spur Gemeinsamkeit zwischen Vater und Sohn: ‹Rri mirë, sage ich. Mirupafshim, sagt er.›»

Urs Bugmann, Neue Luzerner Zeitung